主编　凌翔　　　　　当代著名作家美文自选集

# 触摸心灵的阳光

吴晓明　著

民主与建设出版社
·北京·

**图书在版编目 (CIP) 数据**

触摸心灵的阳光 / 吴晓明著 . —北京：民主与建
设出版社，2019.12

ISBN 978–7–5139–2766–6

Ⅰ . ①触… Ⅱ . ①吴… Ⅲ . ①散文集－中国－当代
Ⅳ . ① I267

中国版本图书馆 CIP 数据核字（2019）第 248850 号

**触摸心灵的阳光**
CHUMO XINLING DE YANGGUANG

| | | |
|---|---|---|
| 出 版 人 | 李声笑 | |
| 著　　者 | 吴晓明 | |
| 责任编辑 | 周佩芳 | |
| 封面设计 | 陈　姝 | |
| 出版发行 | 民主与建设出版社有限责任公司 | |
| 电　　话 | （010）59417747　59419778 | |
| 社　　址 | 北京市海淀区西三环中路 10 号望海楼 E 座 7 层 | |
| 邮　　编 | 100142 | |
| 印　　刷 | 唐山楠萍印务有限公司 | |
| 版　　次 | 2020 年 1 月第 1 版 | |
| 印　　次 | 2020 年 1 月第 1 次印刷 | |
| 开　　本 | 710 毫米 ×1000 毫米　　1/16 | |
| 印　　张 | 13 | |
| 字　　数 | 200 千字 | |
| 书　　号 | ISBN 978–7–5139–2766–6 | |
| 定　　价 | 49.80 元 | |

注：如有印、装质量问题，请与出版社联系。

# 代序  岁月积淀的味道

上个月，几个朋友在一起相聚，谈话间不知不觉地扯到了下班后如何打发闲暇的时光。有的说自己爱静下心来看看书、读读报，有的说爱找几个朋友打打牌、解解压，有的说爱请几个好友聊聊天、喝喝茶……自然所说的兴趣爱好不尽相同。然而，惟有一个朋友的答案却是语出惊人、出人意料，他说他常常回忆过去、翻阅往事，品尝岁月积淀的味道。

其实，翻阅往事也好，品尝积淀味道也罢，就是回忆过去的事情，回忆过去那些在脑海里留下的印迹、在内心里打下情结的东西。虽然回忆往事看似无聊、古怪，甚至觉得庸俗，但真的能把人的心融在昔日的情境里，让人回到了当年，的确是一件很有意义的事情。

就在那天晚上，我躺在床上也搜索起往事来。封存在记忆坛子里的那一个个瞬间，一帧帧画面犹如谷粒一般，在时光的催化下，酿成的美酒随着翻阅而散发出一阵阵醉人的芬芳。在回忆中，我尽量多想生命轨道中那些最早、最有价值和最能感动人的记忆。长时间的思索后，留驻在头脑中最初的记忆是那年我才七八岁，因得了脑膜炎，高烧一直不退。

而我的母亲却整日整夜地坐在我的身边，不时地用冷毛巾敷在我的额头上。她那灯光下的身影，一直埋藏在我的心底。

不过，我们兄妹三人长到这么大，从来没听到母亲说过她如何如何地爱我们、疼我们，但这种无声的爱，却是厚重、深沉，更是炽热、感人和刻骨铭心的。验证了人们常说的：母爱无言、母爱无边……每当到了大暑天，晚上乘凉时，母亲总会不停地替我们扇扇子。若被蚊子叮咬，只要搔几下，母亲就能发现，不是用扇子驱赶，就是帮我们挠挠；每当秋风刚起，黄叶飘飘的时候，煤油灯下，坐着的这个人一定是我的母亲，她一针一线地为我们缝制着过冬的棉衣和鞋；每当到了春风拂动，桃花、梨花、油菜花的绽放季节，她又开始为我们……

远不止这些。渐渐长大的我，就在高中毕业的第三年，我毅然决然选择了"弃教从武，保家卫国"的路子。

记得临走前的那个晚上，我的父亲一直视为宝贝藏着掖着、舍不得用的那支刻有"新华报"字样的白色钢笔作为礼物送给了我。因为这支笔是几年前一位记者采访父亲时，送给他的。他希望我到部队后，好好努力，用这支笔书写出精彩人生！就这样，那支笔和父亲语重心长的话语，一直伴随着我当兵入伍。入伍后，我曾有过许许多多的第一次，第一次打靶，第一次紧急集合，第一次当通信兵，第一次成为应用软件设计的技术人员；有过入团、入党、上学、提干、转业，以及从农村到城市、从部队到地方等许许多多难以忘怀的经历。翻阅这些往事，看看现在的自己，想到当初发生的那些事情，就好像一只柔软而又温热的手拂过心间，使我的思维又融入到了那浓浓的乡情之中。

往事如云。人生中的每一个足迹，每一个故事，虽然犹如一部长篇小说从眼前"哗啦哗啦"流去，但那一篇篇，一章章，一页页，一行行，却流溢着墨香，流溢着情感，流溢着思想。品尝积淀的味道，实际上就是翻阅人生，就是体味人生，就是总结人生，明白原来你所不明白的道理，在往事中重新认识自我，增长见识，使自己变得更加理智，更加自信，更加聪明和更加坚强，你也会从中平添许多新的感悟，新的理念和新的认知，从而获得意想不到的收获。

由此不难看出，收获来自于回忆，来自于往事，来自于岁月的积淀。但不管来自何方，它更是一种意境，一种激励，一种向往和追求，可以说每一次回忆，都是一次再学习、再教育，都是一次心灵与心灵的碰撞，都是一次心灵的洗涤与雕塑。因为往事中有数不清的闪光亮点，那是生命中永不褪色的记忆，在某种意义上说它又是一种力量支点，一种精神能源，一种明亮火焰。往事能苏醒心灵，补给人性，修缮破损的精神阁楼；往事能启迪思维，催人奋进，鼓励人们向着梦想的巅峰不懈地攀登。

这让我想起了一位哲人说过的一句话："往事中有一种动力源，它能给人以无穷的力量，可以使失望变成希望。"因此，多少个夜晚，我总会想起参军时那感人的一幕：离家那天，公社的领导，大队、生产队的干部，同乡、同学、朋友和学校的同事都来了，冒着凛冽的寒风敲锣打鼓为我送行，他们翻来覆去的嘱托，爸爸妈妈一遍又一遍的叮咛，泪水中饱含着深情的祝愿和希冀；多少个夜晚，我总能想起刚刚戴上领章帽徽时的那一刻，想起用颤抖的双手将入学通知书捧在手中的画面，想起在党旗军旗下承诺的誓言……每当我翻到尘封日记这一页的时候，便会感到有一种力量，有一种责任，时时刻刻在推动着我，激励着我，用忠诚去托起军人的神圣使命。

所以说，往事的魅力是迷人的，它犹如一杯陈年佳酿，越品越清香；它犹如一幅色彩斑斓的油画，越看越精彩；它犹如一本百看不厌的教科书，越读越有味。其实，往事又是一个乐园，一个课堂，一种体验，一种寄托，一种依恋。经常翻一翻它，积淀的味道中有许多美好的东西，它不仅能给人以心灵上的慰藉和舒展，成为感情寄托的港湾，而且你还会从中享受不尽的生活快乐，你会从中品出更多的人生哲理。

当然，回首往事，不能总是停留于往事，沉醉于往事，更不能消沉于往事，而是为了使人生更有意义，更有价值，更有活力，更有光彩，这就是品尝岁月积淀味道的真谛。

作者

2018 年 10 月于海安

# 目　录

# 第一辑　心灵驿站

这时，我才深深感受到母亲在我的生命里是多么的宝贵与重要！让我突然明白，母亲就是我心灵的栖息地，精神的疗养师，生命的捍卫者。没有她，我的一切将会变成什么状况，实在是不堪设想。

# 月光下的心湖

　　我沿着那条再熟悉不过的小路，向东走去。当我走近那栋低矮陈旧、土墙草顶的农舍时，那刚来的情景，又出现在眼前……

　　毕业的那天，正值夏季，炎热中带着些许清凉，让人感觉不到那灼灼烈日的炙烤。我带着铺盖，骑着自行车，便来到了我的落户地，成为一名回乡务农的知识青年。

　　从村口到住所地的那条路，不仅路面狭窄，而且路的中间都鼓出了如丘陵状的土墩来，让人能清晰地看出，因雨天人们的踩踏，而烙下散乱、错综的轻一脚、浅一脚的足迹。如此之下，我只能下车，推着自行车，小心翼翼地向一栋极为普通的农家小屋走去，在门前不足四平方米的空地上，驻足观望。

　　眼前的这栋三间土坯草房，构建简易，墙壁都由熟土堆砌而成。它的周围没有任何遮挡和附属物，独守在农田之中。如果不是后面另有农民的居住区，不是远处传来猪、牛的吼叫声，几乎见不到什么人烟，这让这里平添了几分荒凉，几分寂寞与几分静穆。虽然这栋房子看似陈旧与寒酸，有种幽静与孤单之感，但有一点却让我很感兴趣，就是那屋檐下的一根根、一枝枝嫩弱而修长的丝瓜、扁豆藤蔓在竹篱间相互缠绕，攀援而上，爬满了整个竹篱笆。尤其是那一片片叶子在竹篱的外面和上方招摇着，微风拂过，便如翻书似的飒飒作响。要不了多久，只要水分充足，它就会鲜活起来，叶子的根间又会伸出一个细长的蔓条，并会在顶端长出一溜串儿耀眼色彩的花儿，笑迎阳光雨露，到那时这房子一定会被打扮着五彩缤纷，美丽动人。

片刻后，我从车上取下行李。母亲听到我的说话声，急忙从屋中走出，便迎了上去，接过我手中的一些东西，嘴里就开始唠叨着，好像我们娘儿俩多年没有见过面似的，话便是滔滔不绝，问这问那。母亲的言谈举止、行走动作明显一改往常，心情似乎特别好，亢奋、高兴，好像一下子也年轻了许多，红光满面，神采奕奕，讲话有力。这兴许是我毕业的缘故吧！

紧接着，我随着母亲跨过门槛，将手中带回的行李放下。只见我的母亲转身从灶台上拿来只暖瓶，倒了一杯水放在我的面前，便指着桌边的那个长凳，示意让我坐下，好像有什么话要对我讲。

其实，就在我进门的一刹那，我已经看懂了，今后一段时间我将要和这套借来的住房，做"伴"，处"朋友"。

这套农宅，堂屋前后间距窄小，室内的摆设十分简单，而正屋中只要一张四方桌和高低不一的四张长凳。西北角处有两间用砖头砌成的土灶。正屋的东边一间房门上还挂着一把锁，像似锁着，西边的一间是我的起居室，实际上只有两间归我使用。在目前这种状况下，能有这样的条件，在我眼中，算是不错了，说真的，我非常满意。

"儿子，从今往后，这儿就是你住、吃、睡的地方。"母亲说道。

"当然，千好万好，总不如自己的家好！"母亲的语速慢了些。而此时我，还能说什么呢？只能笑嘻嘻而不停地向母亲点着头。

我的母亲为了我，为了我这个老大，一生吃苦受难让我认字，催我读书，直至今天，无论我走到哪里，都走不出母亲那关心和期待的目光，她的那颗心还是始终放心不下。她老人家于昨天上午就来到这里，忙碌了整整两天。室内屋外的打扫，被子蚊帐的清洗，生活用水的储备，灶膛燃烧物的准备……虽然这里的一切都安顿好了，但眼前的她，却时而不时地显出一种疲惫的样子，尤其是那两条腿像绑了沙袋似的，走起路来让人觉得沉重。

　　时间的流逝，黄昏渐渐来临。

　　然而，我的母亲在天黑之前，必须得赶回。因为那里还有我的父亲、弟弟、妹妹在等着她。在这个家庭中，所有的家务活，非她不可，没她还真不行，否则，这个家随时都可以乱成一锅难以下咽的粥。母亲为了赶时间，三下五除二就收拾好了带回的东西，她拎着手包，跨出门槛，和我挥了挥手，就上路了。

　　这时，我才深深感受到母亲在我的生命里是多么的宝贵与重要！让我突然明白，母亲就是我心灵的栖息地，精神的疗养师，生命的捍卫者。没有她，我的一切将会变成什么状况，实在是不堪设想。

　　我伫立在门外的场地上，目送着母亲，盯着前方渐行渐远的身影，我丝毫没有想要回家的意思。天渐渐变黑了，夜幕挡住了我的视线。而我的眼睛却不知不觉地湿润了，本能地用手轻轻地抹去眼角的泪珠，回到家中。不知为什么？我好像一下子变得六神无主、孤立无助似的，深感到心跳在加快，血液在升温，自己已经置身于一种不同寻常的场景中。为了调整自己的心态，我直接进了房间。屋内是孤灯昏黄，灯光在屋子的四周留下了许多暗影，微微地感受到全身有些战栗。我蹲下身来，下意识地从包里拿出我喜欢的那几本书，放到床旁的桌子上。当还剩下最后一本书时，我突然从心底涌动出一种从未有过的静寂感，静得连窗外的麻雀，在树上嬉闹的扇翅声都听得一清二楚。这墙、窗户，那桌子与悬在半空中的灯……都不出声地望着我，整个屋里好像充满了冷静与压抑，让人窒息，使人难受。

　　大约到了晚上的八点钟，我的肚子开始"噜噜"响个不停，这才意识到自己还没有吃晚饭。于是，我走出房门，来到了正屋，用开水泡了一碗中午剩下的饭，当做晚餐，简单的凑合了一顿。用完饭后，我仍然觉到身体不太舒服，便做完家务，洗了洗，早早就上了床，准备休息。

　　刚躺下不久，我忽然听到"咚咚"两声敲门声，是谁呀？我赶忙拉亮电灯，下了地，去正屋将门闩拉开。那人带着一股晚凉的寒气，进了家门。来人正是这家的房东，他，中等身材，三十多岁，四方脸上嵌着一双不太大的眼睛，由于长期光照的辐射，皮肤显得黝黑而发亮。人看似老实、厚道。但说起话来，却铿锵有力，健谈，说话风趣，对有些问题的看法，颇有想法和见解。在交谈中让我得知，他是"文革"前毕业的一名初中生，已有两个儿子，大儿子正在读小学。我们俩聊着、聊着，差不多聊了一个多小时，渐渐地我们的说话声变低了、变轻了。

　　我送他出门后，又上了床。可是，让我百思不得其解：为什么有睡意，却又久久辗转不寐呢？这或许是因为刚才聊天时间长了，或许是因为我第一次离开父母亲而开始独立生活，或许是因为我对自己的前程感到迷茫，会不会这一辈子都扎根于这片土地……我越想越多，越想心越烦。于是，我干脆从床上一跃而起，走到门外，默默地依偎在夜的怀抱中。

　　朗朗的明月，遥遥地升挂在高高的天穹，发射出令人神往的奇幻，周围是一层淡淡的、黄黄的晕圈，几片轻轻薄薄的行云恰好遮住了半边朦胧的圆月，仿佛是一个含情脉脉的姑娘，刚刚露出俊俏的脸，便含羞地扯了一条白白的纱布，遮住半边红红的脸颊。忽而，我觉得那光在移动，在变化，顿时一轮金黄的圆月高高兴兴地从树丛里跳了出来，月亮向上一蹿一蹿的，像在跳着轻快的舞步。过了一会儿，便腾跃到了天空中，而她却没了。

我极目远眺，在深蓝的天空里，几颗星星拥着明月，而明月则像一个高贵的使者，有着非凡的气质和风度，凝视着大地，凝视着我。而我便目不转睛望着她，想等待、聆听她的话语，为我指点迷津。然而，不管时间怎样从手掌中滑过，那静静的夜空里，星光总是淡淡地闪烁着。整个空间，整个原野，看上去都显得那么空灵、邃远，像旷古的神话，让人竟有了虚无缥缈的感觉。

我好想用含泪的目光和你对视，在熔融的月光里诉说着我想你和我的家人！让你用眼睛摄下我一片深情的相依；我好想把头埋在你的怀里，在柔和的月光里紧紧地抱在一起！把脸紧贴梦里，让一个男人的胸肌揉进着脉脉的美丽的相依，给我生活的勇气与力量；我好想让自己化做一只飞蛾，带着心上的纸鸢静静地伴随着你，在苍茫的月光里穿梭！哪怕是片刻……而我却深深地知道，你不属于我，我也不属于你。你的生命里没有我停留的位置，我不乞求上苍制造出绝世的奇迹，只希望能允许我在有生的岁月里，在我疲惫与烦躁的时候，想到这个世界上还有你。让我知道，我并不孤独就行了。

月光是一种淡淡的甜，轻拂心尘。洒在大地上的月光，在寂静的月夜中，不时的或偶尔的犬吠声，听起来竟是那般和谐自然，更显出月夜的宁静与安详。在这如水的月色中，听着鸡犬相闻的声音，竟觉得是一种美妙的享受。那白日里喧嚣的烦恼，竟被这种散发着乡村生活的自然与真实的狗吠、鸡鸣声撵得无影无踪了，加上那细微的虫吟，哗哗的溪流，月夜的凉风，让我突然有所感悟，人在社会中，只有相互帮助与支持，相互付出与自身的耕耘，才能更加完善，才能更有利于自己的发展，有付出必然会有收获与回报……我，渐渐地被羽化了，变得身轻欲飞似的。就在此刻，我心中的那些所想所思的不解之谜，均被这如水的月光——揭底与破解，所有的杂念也被涤荡得干干净净。

其实！生活中，美无处不在，那要看我们有没有发现美的能力和耐心了。

我的心情不觉大好起来，似乎有了种依靠感，心，慢慢平复和镇定。踩着那地面上洒下的细碎月光，情不自禁地哼起小调来，向我的房间走去……

直到今天，尽管我来过多次，尽管我熟悉这栋曾经与我为伴的草房——人生之路的初始点，但我还是非常想念这个"暖窝"，非常怀念那段幽默而又有趣的往事。因为那段岁月，已经深深地驻扎在我的心中。

# 足音

　　什么是"足音"？一个人，只要他行走，无论脚步轻重都会发出声音，那便是足音。在日常生活中，这种脚步声每天、每时、每刻都能听到，它就在人们的脚下。只要你走起来、跑起来或跳起来，那清脆的声音就是你的影子，你的形象，伴你一路前行。

　　其实，这脚步声的意义不仅于此。在我很小的时候，就有个癖好，喜欢听脚步声，尤其是喜欢听长辈的脚步声。

　　那时，我家住在苏中平原的一个小村庄。由于我是长子，就在弟弟刚出生的时候，母亲迫于无奈，只能将刚好三岁的我，托付给了爷爷奶奶。在那个"农业学大寨"的特殊年代，农民每天起早贪黑像个学生上课和放学一样，辛苦而有序。爷爷奶奶也是一样，几乎每天都是很晚才回家。由于我的胆儿不够大，黑灯瞎火的我很害怕，只有天一黑，我就会赶忙插上门闩，像只小猫似的慵蜷于门后，聚精会神地听着外边的动静，其实是企盼着能早点听到二老的脚步声。就这样，久而久之，使得我对爷爷奶奶的足音特别敏感，以至不管是雨天还是雪天，我隔着门都能准确辨别，甚至连他们是并行还是一前一后，都猜得八九不离十。他们每次回来的足音都是十分沉重而又仓促，我知道，这既蕴含着他们一天的辛劳，踩出的是泥土芳香，五谷的芬芳，更是博大而深沉的爱的一种牵挂，一种亲情。

我长大后，远离家乡来到了部队，虽然再也听不到二老那十分熟悉的足音了，而为此感到很不习惯，甚至特别想家，但就在入新兵连后不久，一次全连队列的演练，却让我又找回了感觉。

"唰、唰"，此时的大家，我的战友，个个挺胸收腹，人人目光炯炯有神，几乎在同一瞬间，用同一姿势，迸发出同一音符，那声音如同惊雷、似万马奔腾，像汹涌澎湃的浪潮和滚滚不息的铁流，来证实自己的坚强，证实自己的信念和证实自己的忠诚。身临其中的我，第一次触觉到军姿是那样的优美、动人，动作是那样的协调、有力。渐渐地，我对军人的足音便由陌生到熟悉，由熟悉到欣赏，再由欣赏到崇尚了。

那刚毅的足音，我尤其喜欢谛听，的确别具一格。齐步、正步、跑步，早操走队列，会操，阅兵，虽然各有各的距离，各有各的高度，各有各的节拍，各有各的"音符"，但都演奏出了一种协调，整齐出了一种威严，沉实出了一种振奋，运动出了一种豪迈，脆响出了一种坚强。通过"一、二、一"的节拍，把军人的脚步声演绎得惟妙惟肖，可以说这声声脚步都跳动出伟大的中华民族之魂，是我们这个时代的最强音。同时又是一种包容着理想、凝聚着责任、喷发着激情、体现着力量，充满着爱国主义和革命英雄主义的大气十足的足音。这种足音遍布中华大地，在汶川、九寨沟抗震救灾中有，在大兴安岭扑火救灾中有，在安徽三河古镇抗洪救灾中有……可以说，部队走到哪儿，哪儿就有这种使人难以忘怀的足音。

但足音是心音，是生命的一种流淌，是心灵的一种跳动，它演绎着军人对祖国、对事业、对人生的选择和态度；足音又是一首歌，是情感的一种勃发，是精神的一种展示，它反映了一个人的思想、心境和风貌；足音更像人生的一个导向标，导向着一种坚定不移、坚忍不拔、坚不可摧的顽强精神、拼搏精神、奉献精神，在足音的旋律中，让自己这个小音符从"直线"加"方块"的韵律中去寻找整个军队的和谐，在自己的位置上同心、合拍一起律动。

感受了足音的威武与雄壮、清脆和欢快，无疑对足音充满了景仰和敬畏，对曾经培养过自己的部队发自内心的留恋和感激，情不自禁地倾诉：我自愿终身成为一位足音的歌手，普通平常，让人怦然心动，也可以静心地成为足音的忠实见证者或记录员，因为军人的足音连接的是特殊的、崇高的伟大事业。

我告别部队多年了，像一只无名小鸟在城市的夹缝里觅食、生存。被那楼群分割得有棱有角的天空，时常让我感到惶恐和迷惑。而我曾多次登上"中洋金砖大酒店"的顶层，站在海安这座城市高高的额头上，打着眼罩、拉长目光远眺着前方，好像分明听到了来自军营中那些将士的足音，仿佛自己也在其中，正唱着"一二三四、一二三四像首歌，绿色军营、绿色军营教会我，唱得山摇地也动，唱得花开水欢乐……"这首《一二三四歌》，通过欢快有力的曲调，踩响出军人的那种挑战自然、挑战困难、挑战自我、挑战世界的倔强之声、自信之声和奋进之声。这种时空交错的情感清晰可见，历历可数，丝丝刻骨，缕缕铭心。

足音，清纯遒劲，悦耳动听。无论是爷爷奶奶踩出的，还是绿色方队踢出的，都深深地印在我的心海里，因为足音是我，或者是说，是人类最初始的情感与最深刻理性升华合成的一种文化形态，是心的起点，是一种十分美好的景色和寄托，也是书写壮美人生最为高亢而又激越的旋律……

# 登陵片语念中山

中山陵，我又来了。远远地，一眼瞧见洁白似的巨钟斜放在紫金山南麓的绿毯上，曾熟悉的最强音"和平、奋斗、救中国"，裹着长江水的清凉，绵绵而来。

中山陵，位于南京市紫金山南麓钟山风景区内，前展大平川，背靠威武山，东毗灵谷寺，西邻明孝陵。整个建筑群依山势而建，由南往北沿中轴线逐渐升高。墓道两旁，参天耸立、四季常青的松柏相抱相拥。正是如此，于 2006 年，被列为首批国家重点风景名胜区和国家 5A 级旅游景区。

不过，在我看来，中山陵绝不是一般意义上的游览之地，而是思索中国革命先驱者孙中山先生"智、仁、勇"的场所。

不是吗？戊戌变法失败后，孙中山与改良派做了坚决的斗争。他提出："驱除鞑虏，恢复中华，创立民国，平均地权"著名的资产阶级革命纲领以及"民族、民权、民生"三民主义学说。1905 年在日本组织中国同盟会，被推举为总理。1911 年 10 月，著名的武昌起义爆发，他从美国赶回祖国，被推举为中华民国临时大总统。第二年的 1 月 1 日，在南京宣布就职，组成了中华民国临时政府。结束了长达 2000 多年的君主专制制度，建立了共和国。

所以，她是最庄严、肃穆的地方。和我在国内参观游览过的皇宫、教堂、寺庙、陵寝、公园等名胜古迹相比，中山陵具有迥然不同的史诗性、哲理性和浩然之气的品格，充分体现了孙先生提倡的民主意味和对后来者的谆谆教诲与殷切期望。

史料记载，孙中山先生在民国元年（1912 年）4 月 1 日，曾与胡汉民等到此打猎，对眼前这块山坡地非常感兴趣，便笑对左右说："待我他日辞世后，愿向国民乞此一抔土，以安置躯壳尔！"孙先生逝世后，宋庆龄、孙科齐来勘察地貌，最后建陵于此。

中山陵动工于 1926 年，落成于 1929 年，历时三年，面积达 8 万多平方米。她的设计者吕彦直，早年毕业于清华大学建筑系，后被公费派往美国康奈尔大学深造。在设计上他继承了我国传统的陵墓建筑风格，如依山为陵，保留牌坊、墓道、陵门、碑亭、祭堂和墓室等中国古代陵墓的常规格局，但又剔除了古代帝王陵墓建筑中的封建糟粕，如摒弃了显示帝王威严的石人石兽，吸取了西方建筑的一些先进技艺和优秀元素。整个陵墓的设计构思堪称古为今用，洋为中用，别具匠心，巧夺天工。

由广场踏阶而上，迎面是一座四楹三阙门的冲天式石牌坊，高 12米，宽 17.3 米。仰望这高大的花岗石牌坊，雄伟壮观，气势恢弘。特别是中山先生手迹——"博爱"两个金色大字，赫然显目，在阳光的映照下闪耀着不灭的光辉。

据统计，孙中山先生一生题词总数 469 件，其中"博爱"就有 64件，通过题词形式普及"博爱"思想，赢得了世人的拥护，极大地鼓舞了被压迫国家和民族争取民族独立，实现国家富强、社会文明进步的坚强意志和追求和平、民主、平等、自由的决心。

中山先生认为，"博爱"是"人类宝筏，政治极则"，是"吾人无穷之希望，最伟大之思想。"概括了孙中山先生一生以天下为己任，以爱人类、爱和平、爱国家和爱民族作为其奋斗理想和目标。所以，不难看出，"博爱"这两个字，正是中山先生一生的真实写照。

我怀着对中山先生无限敬仰的心情，缓步登级，每上一个台阶，都感到寒风烈烈，正气凛然。当然，这不是新奇的亢奋，而是精神的追求。

遥想一百年前风雨飘遥的旧中国。

清政府腐败无能，对外割地赔款，对内盘剥人民，是中山先生领导的革命大军一举推翻了腐败透顶、黑暗无边的满清王朝；野心家私欲膨胀，复辟帝制，卖国求荣，是中山先生领导的亿万人民一举戳穿了根深蒂固、愚不可及的封建思想；外国列强虎视眈眈，把中国当作一个羔羊任其宰割，恣意欺凌，又是中山先生以一个伟大革命家的胆略和远见卓识，力挽狂澜，拯救中华民族于危亡之中，为中华民族的出路作出了前无古人的贡献。

其实，孙中山先生所进行的资产阶级民主革命就像这台阶一样："一路向上，只见台阶不见平台"。真是"崎岖山路苦行，荒凉沙漠艰征，千辛万苦，似如攀登一座高山。"

因此，从牌坊开始，当你穿越在480米长的墓道中，犹如行走在一条飘荡着历史烟云的漫长隧道，恍若隔世。一层层，一叠叠，一排排，无限向上地铺展开的台阶……分明在葱郁中掩映，又仿佛在云汉中耸立。这样一座宏大陵园、这样一种威严气势、这样一幅天宇苍茫的景象，让你惊诧不已，你不想感叹都不行。被誉为"中国近代建筑史上第一陵"，的确名副其实。

走过480米长的墓道，便到了陵门的平台。仰头凝望，三拱门的中门横额上是孙中山先生的手书"天下为公"。他曾经说过，国家政权不是哪一家的天下，是天下人的天下，是老百姓的天下。为此，他开始了推翻封建帝国、建立资产阶级共和国的斗争。在这场震惊世界的革命中，他亲自到国内外各地发展组织，坚定不移地宣传革命思想，使民主共和观念越来越深入人心。

1905年—1906年，他亲自赴东南亚各地向华侨宣传革命纲领，募集革命经费，在一些地方创立同盟支部，使更多的人投身于反清革命斗争中来，为辛亥革命的爆发做了有力的思想准备。

1906年—1911年，同盟会在华南各地组织多次武装起义，孙先生为起义制定战略方针。1907年12月，镇南起义时，他亲临前线参加战斗，带领革命志士前仆后继，英勇斗争。虽然，起义因缺乏群众基础，组织上不够严密而失败，但却给清政府以沉重的打击，给全国人民极大的鼓舞。

带着这种情绪，我踏过三拱门，就好像身入重围，陷进层层的历史包裹之中，顺着风儿仔细倾听，历史的回声由远及近，透过岁月的迷雾久久回响。

孙中山先生生长在积贫积弱、内忧外患的旧中国，身处一个风云变幻的乱世之秋，内有几千年封建社会的腐朽垂死，外有西方列强的野蛮进犯，整个中国都陷入半殖民地半封建的社会，而中山先生一直为民族和中国的未来坚定地寻找着自强的出路。在革命的斗争中，他经历了无数的曲折坎坷、艰难险阻，经历了痛苦的起义失败和战友牺牲，但始终坚定着必胜的信念，把推翻帝制、建立共和的伟大理想付之于惊天地、泣鬼神的伟大斗争实践。中山先生曾说过，但凡革命就会有牺牲和失败，但我们不怕牺牲和失败，既使我们失败了一千次，我们还要发起一万次冲锋；既使我们牺牲了，我们还要子孙接过我们革命的接力棒，直至将帝制推翻。在经过无数个革命的挫折和战斗失败之后，终于迎来了武昌起义的成功，终于动摇了封建帝制的根基。

是啊！这就是一种信仰、一种精神和一种执着。

走过陵门，便到碑亭。亭正中9米高的巨碑上，刻有国民党元老谭延闿的手书"中国国民党葬总理孙先生于此"，落款"中华民国十八年六月一日"，24个镏金颜体大字。据讲，当时国民党高层经过认真讨论，一致认为中山先生的思想功绩用文字是无法概括的，于是，决定不写铭文。

我默默地伫立在碑前，仔细端详着，依稀看到了孙中山先生在血风腥雨的斗争中，不顾个人的安危，在去东南亚轮船的栏杆上，自己点燃了一支雪茄，任凭蓝色的烟雾在眼前袅袅升腾，深锁眉头思考着革命的战略部署。当革命失败后，您被迫流亡国外，在英国遭到清公使馆的绑架，仍泰然自若，沉着面对复杂而危险的环境……您为了革命事业，在推翻帝制、建立共和的制高点上，以真正的天下为公之心，践行着您的政治纲领，不断完善主义，从旧三民主义发展成为新三民主义，使"三民主义"成为中国革命和国共两党合作史上永恒的光辉。

兴许这无字碑更能彰显您的伟大功绩。

一直往上，最后来到了祭堂平台。祭堂位于钟山风景区的半山腰，从博爱坊到祭堂共有392级台阶，其中从陵门到祭堂有290级台阶和8个大小平台。"8"为八方之数，象征着三民主义五权宪法；"392"代表着当时中国三亿九千两百万同胞。寓意着人们在攀登时，要牢记中山先生"革命尚未成功，同志仍需努力"的遗训，正是因为这句诤言不知影响了多少为真理、为国家、为民族而奋斗的后来者。不愧是建筑名家之杰作，不仅有宏伟的气势，更有深刻的含意。

祭堂是中山陵的主体建筑。它融合了中西建筑风格于一体的宫殿式建筑，巍峨伫立，华表拱卫，重檐九脊，蓝色的琉璃瓦闪着雨水晶莹的光亮，门额上分别刻有"民族、民生、民权"六个篆体大字，它代表孙中山先生提出的三民主义。中门上嵌有先生手书的"天地正气"四个大字。

走进堂内，会惊叹它又是文化艺术的典范之作。东西两壁刻有中山先生手书的遗著《建国大纲》全文。堂的正中是一尊用意大利白色大理石雕刻而成的孙中山先生全身坐像，高4.6米，底座宽2.1米，只见中山先生身穿长袍马褂，膝上放着一本展开的文卷，双目凝视前方，显示出一位伟大思想家的深沉与睿智。坐像下面镌刻着"如抱赤子""出国宣传""商讨革命""国会授印""振聋发聩""讨袁护国"等六幅浮雕。如此精心设计，把孙中山先生的革命历程具象化了，因此它成了中山先生品格和精神的象征。

堂后有双重墓门，前门为两扇铜制，门框以黑色大理石砌成，上有中山先生手书"浩气长存"横额。二重门为独扇铜制，门上镌有"孙中山先生之墓"石刻。进门为圆形墓室，是一座半球形的封闭式建筑，顶呈西式穹隆状，直径18米，高11米。中央是长形墓穴，上面是孙中山先生汉白玉卧像，下面安葬着先生遗体。在柔和的灯光照耀下，先生显得十分安详与慈爱。据介绍，装有先生遗体的紫铜棺的确安葬在石棺之下，不过深达5米，而且用钢筋水泥封闭。钟山就是这样紧紧地拥抱着这位香山的儿子！

其实，中山先生岂止是香山的儿子，他更是一位中国人民的儿子。中华民族是一个不幸的民族。华夏大地被列强任意宰割的岁月，不堪回首；一部中国近代史，不忍卒读。每当愤然掩卷之际，郁达夫说过的一句话便涌上心头："没有伟大人物出现的民族，是世界上最可怜的生物之群。"然而，中华民族又是一个有幸的民族，最终没有沦为"世界上最可怜的生物之群"。因为就在民族危亡的关键时刻，华夏大地伟人辈出，群星璀璨。其中最早脱颖而出的便是孙中山。

我久久地凭栏凝望中山先生的卧像，脑海里便涌现出：虽然说一代伟人系时代所造就，但时代对他情有独钟，与其经历和个人的品质是分不开的。先生在12岁时，就跟随哥哥赴檀香山就读。"始见轮舟之奇，沧海之阔，自是有慕西学之心，穷天地之想。"他面对国内政治腐败，对列强欺侮一筹莫展，先生在家乡常与好友聚集在一起，指点江山，议论时局，并于 1898 年 12 月，发出了《上李鸿章书》，结果石沉大海。从此先生抛弃了改良主义思想，走上了革命的道路；离开了香山，走向了一个更大的舞台。先生在从事革命活动中，经历了一次又一次的挫折和失败，一次又一次东山再起，就是在这种坚忍不拔的奋斗中，终于取得了辛亥革命的成功……

此时的我，不由得想起杜甫的诗句："出师未捷身先死，长使英雄泪满襟"。遥想孙中山先生一生叱咤风云的豪壮气派，我感慨万千，心里回响着无声的渴望与期盼，眼里却闪烁着激动的泪花。

百年沉重，百年梦想，一个世界性的革命火炬终于照亮了中国的漫漫长夜。如今，长城内外，飞驰的航船开始了壮丽的航行，天南海北，春天的风吹开遍地缤纷。一个民族的灵魂将永远与时俱进，神州大地回旋着富强文明的华彩乐章，我们已经走进了一个崭新的时代，一个面向现代化、面向世界、面向未来的中华民族巍然屹立在世界的东方！

相信您在钟山的南坡上，一定会看到，也一定能看到……

# 远行

地处苏中平原的家乡，每每过了十月份，时序便进入初冬，整个大地已略带寒意，浅吟低唱的微风只要轻轻一吹，就能感到冬的气息。

1978年11月初，具体是哪一天，我记不清了，毕竟时间已过去三十多年了，但那天的情景、发生的事情一旦重温，却仍历历在目。

那天的前一天，一天风，半天雨，风大，雨量中等，降温明显。直到夜里十一点多钟，风依然。

第二天，和往常一样，设在早上六点半叫醒的闹钟，依旧的"丁零零、丁零零……"惊破了晓梦。风好像小了些，不知啥时，雨却找到了落脚的地方，天空中居然是彩霞满天，有了快乐的云朵。就在那缕缕晨光透过窗帘热情地涌进来的时候，我起了床，打开家门，迎面是一阵饱含清晨芳香的丝丝寒风，滑过我的脸颊，吹拂着我的头发、衣襟，我不禁打了个冷颤。看来，今年的寒潮不仅来得早，而且来得更猛。屋前的那些水杉、梧桐……经过秋天的洗礼，只剩下稀疏的黄叶。阵阵寒风吹过，黄叶再次被无情地卷起，在空中打着旋儿，像黄蝴蝶一样翩翩起舞，又纷纷投入大地的怀抱。树枝犹如赤裸的木偶，机械地扭动着自己的身躯，似乎在和昨天握手、告别。面对这沉静与苍凉，我虽然伤感无限，但却深知，那是生命暂时的隐忍与退让，是希望的沉淀与积蓄，更是生命一种向上的力量与升腾的激情。

一会儿，那跳出大地的太阳却携一身微凉，微微探出头来，透着尘世独有的烟火气息，如同雨点般铺满了平原，也给这栋农家小院涂上了一层幻梦的橘红色。

新的一天又开始了！

特别是早晨，我感到最为紧张与劳碌。我干起活来，脚底下就跟抹了油似的，不是小步快跑，就是三步并作两步走，因为在这段时间内，我必须要干完所有的家务活，好让自己按时到校，准点上课。

其实，对于这份代课工作，虽然既能摆脱每日每天面朝黄土，背朝天的耕作之苦，又能让我站在三尺讲台上，教书育人，播种文明，收获希望。但有一点，却让我感到尴尬与难受。因为在中国教育的词典里，代课教师是没有名分的。没有编制，没有地位，只是个拿着粉笔的泥腿子，戴着帽子的"知识分子"。吃的是草，挤出来的是奶，真正是燃烧了自己、照亮了别人。

因此，一年多来，虽说这个阴影不离不散，但我并没有感到特别沮丧和不公。因为那时，中国农村教育的大半个天空，都是由无数个代课、民办教师无私的脊梁支撑起来的，否则，农村的教育可能会是一片荒漠、一片暗白。

于是，一阵忙碌后，每当我捧到饭碗时，那个好习惯就会油然而起。总爱在吃早饭的时候，打开农村广播，边吃着，边听着。

事实上，在二十世纪六七十年代，百姓除了物欲清淡、思想纯朴之外，文化生活也显得尤为单调，更谈不上有什么文艺演出与文艺活动了，就连广播里传出的音乐都是清一色的样板戏唱腔，打出的口号也是千篇一律的"农业学大寨"。当然，间或也能听到条把关于国家大事的新闻，但不管怎样，情况如何，于农民而言，都是一听了之，"东耳进，西耳出"。因为在当时，农民已经习惯了一以贯之的的"人民公社"农村集体经济体制，在政治上，他们没有太多的话语权和决定权，唯一能支配自己的就是多出勤、多出工、多挣工分，来养家糊口。

所以，那时的我，正值青春年少，有知识，有文化，对世界，对生活，总是充满着热情的向往和想象，并不满足整天沉浸于代课的工作之中。只要机会来了，或者条件允许，我会毫不犹豫带着心上的纸鸢，以完全自我的方式投向远方的怀抱，用耕耘、奋斗抒发情怀，实现心中的梦想。可如今，我只能面对现实，扎根学校，努力工作，才会拥有美好的未来。

就在我推出自行车准备前往学校的那一刹那，一则"征兵通知"犹如一块磁铁吸引着我。于是，我静下心来，耐心听完。"是去当兵，还是继续站讲台呢？"倒成了一对矛盾。

回到学校后，我一如既往上完了全天的课。

由于心中有事，我早早地批改完学生的作业，简单地把办公桌收拾了一下，就推着自行车，披着温和的日光回到了家。

到家后，我一反往常，放下手中的包，便从东屋走到西房，再从西房走到东房，摸摸这儿，看看那儿，将家中的一切都光顾了遍，像我马上就要远走似的。

"就这么定了，我今年当兵去。"我自言自语道，话音轻得只要自己能听到。

应该说，这个念头在我的心里已经盘踞两年了，只是不愿触及而已。我承认，在之前决断此事的时候，意图不是太明确，因为有一种想法一直在我脑海中盘旋——"能否提干？"但事到如今，我却无所顾忌，不管到部队去最终结果怎样，我都得试一试，走一走。

就此，我带着释怀的理由与结论，一站就是好久。望着迷茫的远处、漫漫的长路，只有我，一个人，把心和眼睛，投向陌生、飘摇不定的山水，远行追梦……

大约到了晚上的八点钟。"咚、咚"两声敲门声，打乱了飞腾的思绪。于是，我立刻收敛起心中放飞的浪花，自在、平和下来，便走近大门，拉开门闩，进来的那两个人正是我的父母亲。

自从二老进门后，他们的心事我就看透了。因为父母亲都有自己的工作，一般情况下，两到三个月才回家一趟，不外，遇有特殊情况时，他们也回来看看，转一转。平时就我一人和这幢青瓦房相依为伴。

我们三人各自搬来长凳，围着四方桌，坐下。

"儿子，你可能知道，也听到了，今年的征兵工作又开始了。"父亲用手将眼镜向上推了推，然后把目光移到我的脸上，开口说着。

"考虑好没有？"接着又讲。

然后，他们俩又将去年那一番话重复了一遍。说来说去，最终的结论是今年必须到部队去。时到如今，我真的无话可说了，那就去吧！就这样，我当着两位老人的面，点了头，同意了。

于是，我报了名。在通过一系列严格的体检、政审后，于那年的12月中旬接到了入伍通知书。

从那时起，我不得不放下手中的教鞭，又一次迈着追求理想的脚步，离开了这所农村初中。

12月24日，是我出征前往部队的日子，眼看一天天的逼近。除弟弟、妹妹上学外，我的爷爷奶奶也从如东老家来了，爸爸妈妈也因我参军而请了假，为我启程做准备。

就在离家前的一个晚上，我们一家人坐了满满一桌，在一起吃了顿团圆饭。

那个时候，物质没有现在这么丰富，桌上摆的都是些农村人经常吃的，用现在时髦的话讲，为"家常菜"，共上了八道菜，拿了瓶白酒。席间，一家人都很开心，有的边吃边说，也有的边吃边笑。溢于言表的奶奶、爸爸不停地举起手中的酒杯，和我、和大家一起畅饮。而坐在一旁的母亲总是笑嘻嘻的不断为我夹着菜，把好吃的尽往我碗里塞。

吃着吃着，不知什么时候，奶奶悄悄离开了饭桌，在东房间偷偷哭泣起来。瞬间，全家人欢乐的气氛，一下被打破，全然没了。"儿行千里母担忧"。因为我是老大，和弟弟、妹妹相差三岁和四岁。就在弟弟刚出生的时候，母亲将我交托给了奶奶。从此，我晚上跟着奶奶睡，白天跟着奶奶跑，不知不觉一带就是八年呀，是奶奶千辛万苦把我养大。所以，我奶奶一想到明天我将离她而去，远赴边陲，那种不舍之情在奶奶的身上怎能不体现呢？

妈妈在安慰祖母时也哭了……

晚饭很快就结束了，我回到了自己的房间，默默地为明天的启程而收起行李。我前脚刚到，母亲随后就跟了进来。一向做事麻利，说话唠叨的母亲，此时却无言无语，明显动作迟钝，好像不知所措似的，甚至让我洞察到她的手有些颤抖，呼吸也显得有些吃力。

母亲！我忘记不了您浸骨的亲情，把我从婴儿的"哇哇"坠地到哺育长大。为了我的前程，能换个城镇户口，你们却毅然决然让我离去，作为儿子，我……

我凝望着日渐苍老的母亲，那点强作的坚强终于崩溃成一道决堤的河流，泪水沿着脸颊倾泻而下。可是，在母亲面前，我还是强忍住了，便说了声："妈妈，时候不早了，早点回房间去休息吧！"

夜已经很深了，我带着无以名状的情绪入睡了。睡梦中，感觉有人走进我的房间，走到床前端详着我，良久，又为我轻轻地压了压被角——是母亲。没过一会儿，好像父亲又进来了，把一支刻有"新华报"字样的白色钢笔塞进了我的包囊中。这支笔是几年前一位记者采访父亲时，送给他的，他一直都视为宝贝藏着，舍不得用。曾经也跟我们兄妹仨讲过，谁外出闯荡世界，就送给谁。今天，我终于从父亲的手中得到了这支希望之笔，我愿意把蕴藏了父亲几多无言的深情和充满神秘、活力的憧憬收拢在笔尖上，用无以言说的最纯真的厚重，用尽淡墨素笔，抒写人生留白，还自己一片天高云淡。

天逐渐亮了，今天，是我第一次远离家乡出远门的日子。我的家人很早就起床了，为我继续准备着。而我却像个要出嫁的姑娘，一直不想离开房门，沉默寡言，心思满腹。尤其在一旁陪着的奶奶、母亲，让我一看到她们满脸的茫然目光时，心里就一阵接着一阵地刺痛。

公社的领导，大队、生产队的干部，学校的同事来了；同乡、同学、朋友也来了。顿时，屋里屋外人声沸腾，熙熙攘攘，好热闹！"一人参军，全家光荣"的标语，也在阳光照耀下发出阵阵的欢笑声。

一路上，我噙着泪，聆听着父亲的嘱咐。拉着我手的母亲，偶尔在一旁也插插话，叮嘱几句，而我只是使劲地点着头，虽然心里是酸酸的、苦苦的，但没有让泪水流了出来。

到了集结区，简短的仪式过后，我们这些准军人都穿上簇新的绿色军装、棉鞋，戴上无沿的棉帽，虽然还没有资格佩戴领章、帽徽，我却感到无比的神圣、光荣和骄傲。不过，我的心情，像是影响到了站在不远处的二老，他们笑了，笑得是那样的憨厚、从容与自信。我知道，这一笑，不管我到哪儿，走得有多远，都会暗暗地陪伴着我，为我祈祷、为我祝福，保佑我一路顺顺当当、平平安安。

于是，我也趁着间歇之余，跑到父母的面前，用刚刚学来而又不太规范的动作，向我最亲爱的父母亲，毕恭毕敬行了个军礼。二老又笑了，然而却笑得有些腼腆、不自然，可能是因为我刚穿上军装的缘故吧！

"行！到了部队要好好干，我们都等待着你的好消息。"父亲轻轻地拍了拍我的肩膀，鼓劲地说道。

"嘘嘘嘘……"一声哨子声，队伍就要启程了。此时，我才真正地意识到，就要离开了，心中泛起的那种不舍与留恋的涟漪，一阵紧过一阵，我怎么也控制不住自己的情感，泪水如潮涌般的"簌簌"落下，我似乎什么都看不见了。但心里却明白，不管以后到什么地方，官当得有多大，我都得回来看一看，孝敬你们！

　　"再见了，我的爸爸妈妈，请你们多保重！"

　　随着一声口令："齐步走"，我们迈着坚定、有力的步伐，正如一颗颗飞行中的子弹，无悔地朝着远方、远方……而去！

# 三叶草

说来也怪，一个军人怎么会对"三叶草"感兴趣呢？

记得刚下连队的那天，唯有营区房前的那片空地上，长满了片片绿色，令我感到新奇与神秘。

走近绿色，原来那是一片片三叶草，我的家乡俗称"苜蓿"。三叶草，我对它再熟悉不过了。它属于野生的草本植物，每株因有三个小圆叶，所以战友们就给它起了这个名字。它的颜色极纯，纯得没有一点杂色。如果你仔细观察便会发现，在它们的身边连点别的杂草都没有。它们绵绵密密，郁郁葱葱，绿得高贵，绿得清纯，绿得神圣。在这块草地面前，用什么词语来形容它更合适呢？我深感自己语言的贫乏和枯涩。

当我正要蹲下时，我们的连长向我走了过来。他介绍道，营区里的这些草都是战士们利用休息时间从后山坡上一点一点移过来的，一分钱也没花。这些草虽然是野草，但并不比城里的进口草坪差。他还说，这种草很皮实，挖过来浇水就能活，不用专门侍候，把它放到哪里就在哪里生根，就在哪里生长，即使是天寒地冻的大冷天也仍然坚持它的本色。

经连长这么一介绍，我立即俯下身来，仔细观察眼前的小草。那一株株都把整个叶片展开，向天空、向人们炫示它那微小的一点绿色。什么是宏大，什么是渺小？我从三叶草一片片的绿色里，分明看见了浩瀚的生命的海洋。

三叶草表面上看很柔弱，似乎是弱不禁风，经不起风吹雨打。但实际上这种植物的生命力极强，无论是风霜雪雨还是严寒烈日，无论是缺少水分还是缺少阳光，它们都不会改变身上的颜色，都不会改变身体的姿势，从上到下、从枝到叶，都蕴含着一种真诚、一种刚毅、一种顽强。它那还不足 20 厘米的个头，却能出奇的整齐划一，整出一种神韵，一种壮美，一种境界，使我的心灵不禁为之深深震撼。它的那种不挑环境、不怕艰苦、坚挺不拔与无私奉献的品格，的确令我感动，令我振奋，令我神清气爽，也正像我们军营中的那些普普通通、朴朴实实的战士。

其实，三叶草不仅代表生命是绿色的，更重要的展示着一种震撼人们心灵的生命力量。因为只要热爱多彩的世界，多彩的自然，多彩的生活，生命的绿色就永远不会褪色；因为只要坚定自己的理想、信念与追求，就永远会给人以旺盛的、坚毅的、健朗的生命活力，在生活的海洋里搏击着生命的无愧，生生不息的奋发追求就能达到成功的彼岸，实现自己的梦想，从而也收获生命的璀璨。于是，从那时起，"三叶草"所具有的那些意志与品格、遒劲与阳刚就深深地烙印于我的心中。

由此不管我在何时、何月、何日，因何种原因处于迷惘、烦躁、空虚、惆怅时，那群"闪烁的星星"、鲜活的"面容"，那种令人敬畏的"一生不畏艰辛，始终对生活充满希望"的精神，就会像有生命的群体，会说话，会唱歌，会跳舞，能静听你的倾诉，能和你互相交流，成为你的知心朋友和老师，总能让你轻松释然、轻松解脱，让疲惫的心灵重现生机勃勃……从汗水中收获幸福的泪花。

我想，如果唐朝那位大诗人要是见到了三叶草的话，就不会吟出："离离原上草，一岁一枯荣"这样的千古名句了。

# 喊大山

有好长一段时间了，在我的梦境中总是出现当兵时军营后面的那座大山。实际上，在我的生命里，对那座大山的每一点印象、每一段记忆，都铭刻在我的心灵深处。

在部队，军人自有军人的性格，军人自有军人的爱好。军人的性格和爱好有些是很独特的，独特的让人难以理解，甚至不可思议。

所谓"喊大山"，就是对着大山喊。

我第一次"喊大山"，是来到新兵连后的第四天的早上。记得刚到军营的头两天，看到山上没有绿色，看到冷风习习、满目荒凉的营盘，心里就感到失望。我后悔来到这个偏僻凄凉的"山坳子"，整天过着枯燥乏味的日子，触摸不到心情快乐的那根弦。再加上重复、重复再重复的队列训练，把我练苦了，心里别提有多憋屈，想家的念头越来越强烈。

于是，那天早上起床后，我便在晨光中发疯似的往营房后面的山头上跑去，任凭石头从我的脚下滚落，任凭树枝从我的身上刮割，任凭寒风从我的脸上掠过，带着心中的惆怅、心中的委屈，带着泪水，带着思念……在白雪覆盖的山头上，面向家乡的方向，默默地向千里之外的父母述说，以求得一点解脱和一丝慰藉。

说着说着，不知啥时候，全班的战友都来到了我的身边，班长轻轻地拍着我的肩说："你要是心里难过，就对着大山喊几声吧，喊完后心里就会舒坦些。"

班长说着，便把两手围在嘴上，大声喊了起来。我愣了一下，也学着班长的姿势，撕开嗓门喊了起来。我对着大山喊，我的战友们对着大山喊，大山也对着我们喊，喊声与回音交融相汇在一起，似乎脚下的山头在晃动，在震颤。

在大山的回音声中，我把惆怅的乡愁摔碎，把凄楚的相思摔碎，感到心里亮堂了许多。

喊完大山后，班长给我们讲道，这座营房也是老营房了，它建于五十年代初。在我军史上这支部队称得上是凤毛麟角，所以，从这里送走了一茬茬优秀士兵和优秀干部。他还说道，现在咱们师的领导也有从这个部队走出去的……

那一刹那，我感到心灵受到了震撼，精神受到了洗礼和感染。我顿时想起了参军前的誓言，想起了临别时父母的嘱托、乡亲的期望，想起军人的职责、军人的义务、军人的使命。感喟中滋生一缕雄风，一派倜傥，一种荣光。望着这座没有名字的大山，我仿佛看到古战场上吹角连营，旌旗在飞，勇士突奔，长缨向天；仿佛听到枪炮轰响，战马嘶鸣……

大山如同母亲，如同亲人，它最体谅我们军人，最理解我们军人。那一声声回音，就像是在和我们谈心，就像是在和我们说心里话。

此后的日子里，"喊大山"成了我的习惯，也成了战友们的习惯。大家郁闷了喊，惆怅了喊，想家了喊，高兴了也喊，训练间隙或是"打靶归来"都要对着大山喊上几嗓子。所以，我今天能有所进步，能有所作为，能有这样的心态，与这"喊大山"密不可分。因为"喊大山"，喊出了军人的一分热忱、一分激情和一分坚强。它是军人心灵的一种跳动，军人真情的一种倾诉，军人生命的一种流淌，军人壮志的一种展现，是军人包容着理想、凝聚着责任、喷发出激情、体现着力量的最强音。对着大山，我们宣誓，大山也宣誓；对着大山，我们表白心声，大山也表白心声；对着大山，我们豪情激动，大山也豪情激动。"喊大山"犹如军人一首特殊的交响乐，交响出一种挑战自然、挑战困难、挑战自我、挑战世界的倔犟之声、自信之声、威严之声、奋进之声。

八个月后，因工作需要我离开了这座大山。分别的那天，我又来了，来到这山头上，作最后一次告别的"喊大山"。我对着那座熟悉的大山，朝夕相处的大山，用尽了全身的力气，向它呼叫，向它呐喊，向它倾诉、向它话别，回音久久地回荡在寂静的山谷中……

时间稍纵即逝，不知不觉几十年过去了，虽然现在整天置身在繁华的都市中，但我还是经常想起当年的那座营盘、那个山沟和那山头上"喊大山"的情景，因为那是一种永不消逝的情愫，那是一种深扎在心灵深处的情愫，更是一种美好的情愫。

# 记忆中的军垦

一晃，几十年过去了。那趟"军垦"之旅，每每回忆起，总能拨动我的心弦，充满着无限的眷恋。

那是二十世纪八十年代初，我是一名军人，在南京军区某部研究室工作。当时，按照军区首长的要求，在本部中组团八人，"送文化下部队、下基层"。于是，我有幸被选上，参加了这次活动。

10月中旬的那天，我们从单位出发，头顶着茫茫的细雨，踩着飞溅的雨花，犹如在琴弦上跑动的音符，穿越在因秋雨，时而直线滑落，时而又随风飘洒而留下的如烟、如雾、如纱、如丝的情影之中。在秋的注目下，我们带着领导的嘱咐和重托，向名闻遐迩、全军知晓的地方——城西湖军垦农场驶去。

城西湖军垦农场，位于安徽六安霍邱县城西侧，淮河南岸，大别山东部，总面积达140多平方公里。

大约在下午的一点钟，我们走进了军区农场，眼前犹如白纱一样的雨雾弥漫着，挥不去，扯不开，斩不断，使人有种飘飘然乘云欲归的感觉。尽管能见度低，但我们仍然驱车从"工农兵大桥"一直往西，在坑坑洼洼的土路上，摇摇晃晃，一路前行。远远望去，则是一块块整齐划一的农田，显得宽阔平整，一望无际。道路两旁，除了树叶开始凋零的白杨树向后退去外，从我们眼前掠过的有和坦克相似的履带式拖拉机、推土机等大型机械，同时也看到三三两两的军人在活动。这些流动画面，不仅让我感受到了一种淋漓雨中的宁静，同时更让我感受到了这里的士兵有多么的不易，不挑环境，不讲条件，不计得失，始终保持平和的心态和坚强的意志。

车子在继续缓慢地朝西行进，不经意雨却停了。这时，天上悠悠忽忽、时隐时现的朵朵调皮的白云登上了这蔚蓝色的舞台，仿佛是一场演出或表演到了最精彩的地方。在这秋日雨后的初晴里，映入眼中的景物都显得娟秀温柔，这也使我们的心情开始舒展，怡然自得。就在此刻，坐在我前排位子上的那位带队领导，好像有话要讲，只见他挪了挪身子，靠近窗口，慢慢地抬起右手指着窗外的那广阔无垠的田野，然后转过脸来对着大家。

"这里就是城西湖，又名沣湖，是淮河中游大型湖泊之一。它对调节淮河的洪水，保证下游城市、矿区、铁路等安全，起着重要作用。不过，之所以现在形成这座大型的军垦农场，你们可能不太清楚。她的围垦开发也经历了一个漫长的过程。"已经来过多趟的他，却慢腾腾地讲道。

"其过程可分为早期的'民垦'：大约在民国30年，霍邱县荒地整理局的代电内载：'西湖原多蓄水，仅沿边少数耕地。兴建西湖长堤160里后，地始增加'。民垦荒地约20万亩，到了民国25年（1636），当地群众又向地势较低处延伸开垦；再一个就是中期的'官垦'：始于民国25年（1936），当时韦立人任垦务专员（兼县长）。查出城西湖内荒地16万亩，作为公有。由个人备价领种（多为地主）和招佃承耕（主要是农民）。直至新中国建立后，1955 年春天，省劳改支队在双台子一带围垦。1956 年大涝后撤走。"他稍微停了停，接着话题又继续说着。

"最后一个就是现在的'军垦'：从 1966 年至现在，军垦面积达 110 平方公里。农场在 1979 年前以 33% 的耕地种植水稻，67% 的耕地种植旱粮。历年粮食平均单产：水稻 400 斤，小麦（含大麦）225 斤，豆类 93 斤，高粱 220 斤；年均总产量 3500 万斤，年均总产值（含工、副业）1500 万元，纯收入 400 万元左右。从去年开始，全部改种旱粮。不仅平均单产提高了，而且粮食的纯收入一下子就达 469 万元，可谓收益颇丰！"

他刚好讲完，伴着那一声熟悉的刹车声，面包车驶至目的地、慰问的第一站——农场的 219 团，在一个不起眼的门前停下。只见等候在那里的四个人面带微笑、挥着手，迈着轻盈的步伐向我们走来。如果我没有猜错的话，他们一定是团部的领导。果真如此，赵参谋递上介绍信后，他们纷纷都迎了上来，和我们一一握手、打招呼，表示欢迎，表示感谢。

一阵问候后，我们紧随政委，向前走了几步便踏进了整洁的营院，来到团部的会议室。政委给我们介绍了这里的大概情况。原来 219 团地处整个农场部队的最西角，被战士们称为城西湖的"西伯利亚"。该团的艰苦程度可见一斑。

由于时间的关系，我们的"见面会"不到一个小时就结束了。但通过这次"见面会"，让大家都欣喜地感到，团里领导对这次的来访慰问，不仅显得热情、真诚，而且准备周全、考虑充分。连每天要干什么事，慰问哪几个营、哪个连都安排得层次分明。并且还专门配了一名副团长跟随我们，当向导，为我们穿针引线。

我们跨出大门，便沿着通往招待所的那条围渠大道前行。没走多远，我们便看到了在阳光的直射下，无边无际而又轮廓清晰、块块相结的机耕农田，静静地躺在大地的怀中，安详地享受着那温暖阳光的沐浴，太像一幅阳光洒在大地上挥毫泼墨的中国画！此刻的我，好像被这壮丽迷人的色彩与这气势磅礴的画面所吸引而震撼了。我不得不收起脚步，本能地驻足于高高的堤坝上，用心去感受这个粮食大区独特的魅力。仿佛在瞬间，只要你稍微嗅一嗅就能闻出一股淡淡的"围田粮"的清香而呈千姿百态的气雾状飘浮于湖心的上空；只要你再吸一吸就能闻出稻谷除壳后，空气中散发带有的那种原野的芬芳……随你、随我、随路慢慢而行，让人神清气爽。

湖水茫茫，茫茫湖水。这倒让我忽然意识到，这里曾经承载过一段极不寻常的历史，默默地驮着一串串长长的故事。

据有关文献记载，1962年冬，中国人民解放军济南军区派来的部队在城西湖围垦3.9万亩后，因1963年、1964年两年自然涝灾，被迫于1965年冬撤出。二十世纪六十年代中期，全国农业工作又提出"以粮为纲""向高山要粮""向湖水要粮"等口号，同时把"围湖造田"列为解决全国粮食不足途径之一。因此，于1966年1月，南京军区为了贯彻相关会议与毛主席"备战、备荒、为人民"的指示精神，决定围垦城西湖，建城西湖农场。同年的6月，城西湖围垦指挥部正式成立，南京军区派来了两个师，该县动员民工10万人，军民合作，从9月份开始到1972年11月全部完成，共围垦造田17.8万亩，其中军圩12.5万亩，民圩5.3万亩。

真是一次了不起的创举啊！你看，多少个岁岁年年后的今天，虽说是湖，可又不见湖水，却是一马平川的原野沃土。田野是绿的，然而又绿得不一样：墨绿、油绿、嫩绿……被整齐地分成一小块一小块。在微风吹拂之下，夹着泥土散发出的芳香，把这一大片一大片的庄稼吹得犹如涟漪荡漾，仿佛就是一块清新、碧绿的大地毯，滴翠流金！

其实，在空旷间俯瞰军垦，俯瞰农场，也像在景区观景一样，很难猜透每位游客对景观看法，就看你自己的想象力了。不过有一点，你对她的描绘，会越述越像，而且谁先说出来的就会给人们一个思维定式。随着人们挖空心思的遐想，眼前这座神奇而又壮观农场也不断变幻着多姿多彩的四季画面。而脚下这松软的泥土，却给了我另一番思绪，仿佛让我又追回到那个激情燃烧的岁月里……

你看！当初的营房是用毛竹搭成的人字形工棚，上盖全是油毛毡，而床板就放在土墩上。一年四季房内房外的气温始终如一。当遇到雨天时，外面下着大雨，而里面便下小雨。

你看！在每逢围堤合龙的瞬间，虽然脚下无路且十分泥泞，但官兵们却全然不顾，喊着号子，担着泥土，背着沙袋，一路小跑，就像战场上冲锋一样。有的战士脚崴了，还在继续坚持着；有的战士累晕了，喝几口水又拿起锹镐继续干着……可以说他们每迈一步都可能与死神相伴，因为说不上什么时间脚下的土堤就会决口、崩塌。

你看！每每到了抢收、抢种的季节，战士们克服种种困难，挥汗如雨，并肩作战，置自己劳累于不顾，一干就是十多个小时，始终驰骋在那片热土上。

你再看！那位战士轻伤不下"火线"。这几天正患感冒，发烧到了40度还在坚持，并且手上和肩膀上都磨出了血泡可他从不哼一声。

据讲，还有位战士更是置个人安危于不顾。自从他第一次胃出血后，总是利用晚上时间去卫生队打点滴，而白天却坚守在工地、田间。不久，旧病又是发作了，他才被送进了到医院……

从战士疲惫不堪的身影中，从战士憔悴的脸面上，从战士不断滚落的汗水中，从战士频频挥动的手臂上，我看到了那无声的壮举，正是这无声的壮举，在旷世围湖造田中换来了人类赖以生存和发展的物质基础：食粮！从而也托起了希望的曙光。

这是多么感人的画面啊！

昔日壮观、感叹、难忘的城西湖军垦农场，你不仅蕴含着战士们一个个动人的故事，包藏着战友们一份份的深情厚谊，而且让人看到了在这淮河跳动的浪花上，你由围垦开发到今天发展壮大、兴旺，成为我军史上首支农忙时，以农为主；农闲时，则练兵习武，摸爬滚打的亦农亦兵的现代化大型军垦农场部队，让人从心灵上真实地感悟到她的价值与真谛。走下围堤，我对这方土地的认识愈来愈深，虔诚和仰慕也愈来愈深。

时隔三天，依据日程安排，晚上还有个慰问活动，为某连的战士放一场录像。

陪同我们的仍然是那位闵副团长。眼前的他，看似有四十岁了，安徽人，中等身材，黝黑的脸上嵌着一双炯炯有神的眼睛。说起话来，铿锵有力，而且风趣。他可是个老革命了，从围垦初期就一直在这里工作，见证并参与了农场开发与建设的各个环节。特别是当我们问及到当年围垦的一些情节时，他便是如数珍宝地给我们介绍当年围垦造田是如何如何的艰难，战士们的生活是如何如何的艰苦，战士们的事迹是如何如何的感人……

特别有一件事，至今都沉淀于心底，难以忘怀。

他讲到，城西湖有一种名字叫"黑线鼠"的老鼠，因背上有一道黑线条而得名。它的身上有一种传染病菌，其传染性极强，危害之大，只要老鼠接触过的东西，再通过人的接触，就感染鼠疫病，也称为"出血热"病。自从城西湖围垦以来，就有数十名战友因为感染其鼠疫病，被无情地夺去了宝贵的生命，真是太可惜了。

一路的故事，都让我流了一路心酸的泪。不知不觉中，我们便走进了连部的所在地。

这里的环境异常艰苦，潮湿多雾，让人明显看出房间的墙壁上都是湿漉漉的，如同雨后路面那样。

走进战士宿舍，尽管地方狭小、拥挤，设施简陋、单调，但从挎包的挂放、背包带的折叠到脸盆、碗筷的搁置都整齐划一、井井有条。被子也叠得方方正正、有棱有角。看得出他们管理得非常严格。进去不久，有位战士一听到我的讲话口音好像与他相同，自认为是老乡。于是，他就主动和我攀谈起来，原来他是江苏射阳人，和我同属苏北地区，是位老兵了。他感到这里确实很苦、很累。农活忙起来，几乎是没日没夜地干，不仅工作量大，而且有时连几顿饭都顾不上吃，这比家乡的条件要差得多了。

"说句心里话，我也常常想家，想念父母，也想早点退伍回家。但为了祖国的安宁，为了农场部队的稳定，为了给军区多打粮食，保证供给，我宁愿在这里受苦，承受寂寞。如果部队允许的话，我还想再干上几年呢。"他讲道。

听着他那朴实的话语，我的心为之一热，毫不夸张的讲，那真是一种沁人心脾的感动。我深深知道，他们日夜坚守的是祖国的领土，心中装着的是人民的幸福。从交谈中我能感受到"守土有责"的承诺已经使得他们与脚下的这片沃土厮磨着难舍难分，他们把自己的理想、血、汗、泪一点一滴渗进了这方土地，交付给了这方热土。他们那不变的意志与身影，成了这湖心上舞动而最鲜亮的生命。

就这样，一周的慰问活动便随着日程的终结而悄悄地画上了句号。

临走前的那天早上，我推开窗户往外边一看，只见红红的太阳从东方慢慢地升起来了，射出万道霞光。蓝天上飘着朵朵白云，在柔和的阳光照射下，呈现出一片橘黄色，把城西湖照耀成一幅素描的风景画。不过，行走在这图画中的我们，又该上路了！因为下一站的慰问任务还在等待着我们去完成呢。

车轮启动了，地貌如一把"手枪"式的军垦农场在车轮的滚动声中，渐行渐远。我静静地望着，心中默默地喊着：

再见了，城西湖军垦农场！
再见了，农场部队的官兵们！

# 书缘

　　人是要讲缘分的！人与人之间、人与事之间、人与物之间总会有一定的缘分，这是偶然中的必然，当然，也是必然中的偶然，说穿了就是缘！

　　缘分，在人世间摇曳——

　　黄鹤楼下，李白与孟浩然挥手之间，碧空长江，孤帆远影，定格于千载传唱的动人友缘；古琴台上，悠扬琴韵，浩浩江水，永远弹奏着俞伯牙和钟子期高山流水的知音之缘；而在宦海沉浮之间，千山万水之遥，也永远传唱着白居易与元稹相濡以沫的诗缘！

　　缘是真！缘是美！缘是情！珍惜缘分，就会与人与事和谐相处，永结善缘！谁能否认，屈原与诗歌之间不是一种缘分；谁能否认，王羲之与书法之间不是一种缘分；谁能否认，曹雪芹与《红楼梦》之间不是一种缘分！

　　缘分是你我他之间、人事物之间永远的、无形的网络！

　　回忆所及，我与书之间，也有一种缘——是书，给我以真趣，赋我以真情，教我以真理，引领我走进属于自己的人生殿堂。

我生于农村，长在农村，并于 1976 年 6 月从一所乡办中学高中毕业，回到了熟悉的生产队，成为一名当时被誉为"回乡知识青年"。

处在那个升学没有压力特殊年代的我，面对现实，却清醒地看到，上大学靠推荐，名额有限，轮不到我。城里招工，我是农村户口，根本不可能。唯独有希望能成的，参军入伍到部队去。但话又讲回来，作为一个刚刚毕业的高中生，也算是个文化青年，没有一丝愿望并非正常，心中多多少少对世界，对生活，对事业还是充满着热情的向往，渴望自己能有所作为。如果一辈子都在农村，每日每天经受着面朝黄土背朝天的耕作之苦。这对于一个想干事的有志者，是不公平的。假如真是这样，只能说是生不逢时，命中注定。

于是，当我行走在这条充满辛劳而又洒满汗水的路上时，我时常感到茫然，无所适从。我埋怨过、放弃过，甚至大声疾呼过。多么向往城里人的那种工作和生活环境！可我面对这种满含笑泪的日子，却更多的溶化在书中。

我从小有个好习惯——欢喜看书，与书结伴。

从书中，我认识了"七十而不逾矩"的孔丘；"大庇天下寒士"的杜甫；"知识就是力量"的培根；"天才出于勤奋"的高尔基。从书中，我知道了有的人站在刑台上，还能"我自横刀向天笑，去留肝胆两昆仑"，有的人在民族危难中"为中华只崛起而读书"……看书伴冬伴夏伴春秋！

渐渐地，是书让我找到了平衡点，是书读懂了我——扎根农村，人生同样精彩。也从读书中体味到一个字"通"：融会贯通，闻一知十，触类旁通，由此及彼。不经意间，在时光不留痕迹地流逝后，我深深地体会到自己对书有一种难以言传的感情。

有书相伴就会有成长相随，有书在手就会有感悟在心间。1978 年 12 月，我随新兵部队集中远行——加入到解放军行列！到部队还不满三年，我就提干了，成为一名共和国的军官。1989年10月，又转业回到地方，成为一名公务员。一次次的荣升与变迁，是书默默地陪伴在我身边，给人心灵以滋润，无论经历怎样的人生风雨，有书相伴，眼前就是一片明媚春光。

而今，人生的历经中，的确，让我感悟到，拥有书便拥有一个博大而奇妙的世界。因此，不管在哪儿，不管有多忙，我都会把书拿出来，看上几页。因为读书，才有甘霖温润心田，才能洗涮偏激与落寞，剔除生命的浮嚣与烦恼，将圣洁的沉淀、羽化的空灵和永久的向往梦幻般的萦绕在身边。

我转业到地方后，曾在乡镇工作过八年，面对工作的压力与困惑，社会经济发展中矛盾与纠结，人民群众的生活与……是书，告诉我：没有失败，只要亮出你的风采，没有比脚更长的路，没有比人更高的山峰；还是书，告诉我：何时执着何时沉迷何时清醒，让你深思，让你平静，让你锐意进取。从而在流逝的时光中，矛盾——化解，纠结——解开，经济快速发展。

书啊！我的心灵归宿，给了我启发与感动，让梦想予以实现。然而书又指导实践，实践是知识的前沿。我的青春没有失败，证明你是激流勇进的弄潮儿、成事者。进而让人在践行中成长。昨天的回忆是美好的，今天总结是震撼的，你成功了，终究成为胜利者！

前人有云：书中自有黄金屋，书中自有颜如玉。流连于书中，我便陶然于生命的恢弘与超然，羽化于飘然的禅悟之境。是的，一本好书，如良师益友，谆谆教诲；一本好书，如先哲神祇，循循善诱。一本好书，又像知心好友，让你的生活变得更精彩，人生变得更灵动！

好读书，读好书。让你从别人的感悟中，学会了更深、更透地理解，而去善待生活……

# 细品流年

春来暑往，些许往事或许能在一个人的记忆中淡去，但当兵之初的那段岁月，却是不老的故事，让人难以忘怀……

屈指一数，我离开家乡将近一个月了。而这段时间来，我每天都像上满了发条的时钟一样，一个劲地走着。难有闲暇的我，今天终于要和相拥了一个月的新兵连说声"再见了"，而迈入人生的下一站。

短短一个月的新兵连生活，虽然苦但却充实，虽然累但却快乐，虽然难但却幸福。因为通过毅力的磨炼，吃苦精神的培养，让我从思想、心态、举止，到作风，都来了一番彻底的重塑，真的！令我感动，令我回味无穷。

我怎么也忘记不了入伍的第一堂课，连长用铿锵有力而又语重心长的话告诉我们：军营是盛产英勇、收获理想的地方，优秀的军人都是富有精湛的武艺和超群的胆量，渴望在狂风暴雨来临时，酷爱下达和执行钢铁一样的命令。我读懂了"武艺练不精，不算合格兵"。让我更明白了：有了猛虎蛟龙，国家才太平安康；有了忠诚卫士，人民才得以幸福无忧!

我怎么也不会忘记入伍的首堂训练课,班长用那浑厚洪亮而又不太标准的普通话告诉我们:队列训练的目的是端正军人姿态,保持严整的军容,养成整齐划一、令行禁止和严格遵守纪律的习惯,培养迅速、准确、协调一致的作风。我读懂了"基本功不扎实,不算合格兵"。我更明白了:国威、军威,来自军队的钢铁纪律,严格的训练。

我怎么也不能忘记入伍的首次班务会,班长用那热情洋溢而又感人肺腑的话告诉我们:作为基层最小的行政例会——班务会,它的作用不可低估……我读懂了"军人的成长与进步,班务会的作用功不可没"。我更明白了:班务会不仅是战士思想的阵地,也是灵魂的阵地,更是境界的阵地。

我怎么也不可能忘记入伍的首场实弹射击……

这一个又一个的第一次,就像一支经典的歌曲,就像一幅历史的长卷,悬挂在人生的背景上,镌刻在脑海中,荡漾在心湖中,激励着我,一往直前——因为军人付出的是辛劳,吸取的是精神,收获的却是一种百折不挠的气概和风范!

今天看来,尽管军营的生活并非我想象中那么美好,没有闪烁的霓虹——灯光普照,没有繁荣的闹市——人来人往,有的只是紧张乏味的训练,不辍的学习教育。但军人的那种精神,那种意志,那种追求,深深地打动了我。那种同志情,战友情,亲密无间,深深地感染了我。正是这些的注入,让我找到了军人特有的气质与情愫:什么是真正的奉献,什么是真正的无私,什么是真正的崇高!

然而,却在今天,我就要离开了!离开营区里的无一不熟悉,无一不亲近的一草一树、一花一石,林荫幽径……离开习惯了大口嚼的馒头,离开紧张而有序的艰苦生活和一起摸爬滚打的战友们。似乎在这一刹那,我的双眼不由"唰"地一亮,迸发出惊人的神采:

喊一声，基地啊，好练场，憧憬之源；

呼一次，战友啊，好兄弟，手足之情；

哼一曲，远方啊，好去处，告别之歌！

　　此时此刻，面对这刚刚熟知的环境和建立起来的战友情，虽然多了些离愁，多了些感伤，多了些激荡，但我忽然感到，岁月的甬道总是要从头顶上悠扬而过。还是北宋的苏东坡说得好：人有悲欢离合，月有阴晴圆缺，此事古难全。可见离别总是人生难以避免的一件事。既然如此，又何必为暂时的离别而感到忧伤呢？明白了这一点，也就不会再怨天尤人了！

　　大概在上午十点钟的时候，一声哨声的响起，我们一班在班长"一、二、一"的口令之下，昂首挺胸，迈着整齐的步伐，又一次来到了既熟识而又让人感慨的训练地。

　　站在直线加方块的绿色方阵中的我，眺望着眼前这座形影不离的静默大山，思绪万千，感怀无限，一种难以抑制的冲动犹如潮水般从心底纷纷涌动……

　　我流连于山谷之间，迷恋于绿色之中，听到了大山深处起伏中的寒意山风，留给我心绪的微澜；闻到了树林中那一缕缕沁人心脾的淡淡芳香，留给我灵魂的抚慰。在这里，感到了一种蓬勃向上的生机，这种生机渲染着、提示着、影响着我，给人以旺盛的、坚毅的、健朗的生命活力，温暖着我的心灵，朗照着我的人生，让我变得更加沉稳，更加达观，更加坚信。

　　"大家注意了。立正，向右看齐，向前看，报数——"只听见连长大喊一声。

　　我猛然一惊，迅速跟着战友一同列队集合。

此时的大家，个个挺胸收腹，人人目光炯炯有神，几乎在同一瞬间，用同一姿势，迸发出同一的音符。身临其中的我，第一次触觉到军姿是那样的优美、动人，动作是那样的协调、有力。

特别是那遒劲的足音，我尤其喜欢谛听。五公里越野拉练，齐步、正步、跑步，早操走队列，会操，虽然各有各的距离，各有各的高度，各有各的节拍，各有各的"音符"，但都演奏出了一种协调，整齐出了一种威严，沉实出了一种振奋，运动出了一种豪迈，脆响了一种坚强。声声脚步都跳动出伟大的中华民族之魂，可以说这是我们这个时代的最强音。并且又是一种包容着理想、凝聚着责任、喷发着激情、体现着力量，充满着爱国主义和革命英雄主义的大气十足的足音。

足音绵长，这种足音也是军人生命的一种流淌，是军人心灵的一种跳动，是军人情感的一种表白，更是军人精神的一种象征。

是啊！这就是中国的军队，永恒的军魂，用行动践行军徽的庄严；这就是中国的军人，鲜亮的身影，用生命谱写英雄壮歌！

"下面请新兵连指导员讲话！"连长继续讲道。

"讲一下，请稍息！"礼毕后，为人亲和、具有较高政工干部水平与素养的指导员高声说道。

紧接着，指导员讲了两层意思，一是以排为单位，进行一次佩戴领章、帽徽的集体宣誓；二是收拾好自己的行囊，下午两点半在此集中，宣布新兵去向方案。

队伍解散后，我们便来到了班长的床铺旁，成"一"字队形展开，等待最为激动，最为振奋的那一时刻。

班长的一番赠言后，我们各自从班长的手中高兴地接过那闪光的五角星和红彤彤的领章。顿时，这长房犹如欢乐的海洋，人人脸带微笑、兴奋、激动，人声鼎沸。有的爱不释手地把帽徽，领章拿在手上，反复地抚摸着，看着；有的已把五角星端正地佩戴到棉帽上；有的已把红领章仔细地缝在衣领上；有的穿戴整齐，拥到军容镜前，对着镜子，梗着脖子，扭着身子，左右拧着，争看自己的新形象……

为此，就在宣誓完的那一刻，场上的气氛却突然变得没有欢呼声，没有笑语声，更没有拍手声，唯一有的是战士眼眸中的泪水。我明白了，从这一刻起，你就是一名真正的军人，一名真正的战士！

下午的两点半，我们大家都拎着行李，背着背包，全副武装准时来到了训练场，列队集结。新兵连的连长作了简短的告别致辞，然后宣读了下连队的人员名单。

我被分到通信连。

集会结束后，我们并没有急于离开训练营，而是自觉地放慢了脚步。

此刻的大家，没有笑容，带着离别的无奈与伤心，带着分别的滋味与心痛，将军人那特有的豁达与情感都化作彼此间的祝福，轻拍着战友的肩膀，说一声："祝你往后的日子一切都好！"

就这样，新兵连的生活在悄无声息的时光中结束了！在汽车引擎发动的那一刻，我没有过多的表露，没有过多的诉说，更没有过多的口号，只有那噙满泪水的眼眸中似乎在暗示着什么，提醒着什么，回忆着什么。只有那久久挥舞着的双手，别了，我的战友，别了，我的班长，别了，我的新兵连……

## 第二辑　情感方舟

　　离家那天，正好在大前天下了一场中雪，到处是白皑皑的一片，我的心也跟着失去了颜色，像雪一样冰冷！舍不得……舍不得曾经留下过欢笑和泪水的家乡，舍不得曾经留下懵懂和幻想的地方，更舍不得这个茫茫世界唯一熟悉的地方。我更不敢去想象离开前父亲那种沉默、母亲那种强忍眼泪的表情！

# 家

　　初秋的午后，大朵的白云，徜徉在蓝色的天空，而边沿上散射出那许多细细的光束，却携带着浓浓的暖意，照耀着白茫茫的大地，让乡村的每一个角落、每一粒尘埃都感到和煦与惬意。就在踏入家乡的这一刻，我感到很庆幸，还有这么一段可供我休闲的午后时光，让曾经的思念与忧愁，烦恼与不安，在这温润如玉的光阴中，化作片片碎玉，随风而逝……我在想！倘若在我们的生命中，时刻都能与阳光和爱并行的话，那该是多么的美好。

　　是啊！回家的感觉就是好，想什么有什么，要什么给什么，连那老天爷都能看出我的心思，让我们兄妹三人行走在这铺天盖地的阳光雨中，如泡温泉，暖暖的，舒坦至极，而且，这种舒坦极具渗透力，无需多久，温暖就会从皮肤毛孔抵达生命的深处。就这样，近一小时的路程，不知不觉我的家乡已慢慢地清晰在我的视野之内，这不就是我日夜思念的红星大队第六生产队吗？

　　坐在弟弟自行车上的我，老远的就看见我的父亲和母亲在那幢青瓦房前徘徊与等待着。兴许是血缘关系的原因吧，儿女在他们心中都有别于他人孩子所不具备的一些气质特征，所以，当我们看到他们的时候，他们俩的手已经在空中不停地挥舞与招呼着，示意着自己的儿女回来了，将要回到这个温馨的家，共享天伦之乐。

拐弯走至村口，老远就见到几个小孩天真地跑来跑去，嬉戏游玩。在田间劳作的社员，谈笑风生，个个喜悦之情溢于言表。

"来人啦，来人啦！"随着几个小孩清脆的喊叫声，我一下子进入到了乡亲们的视野里，而此时，我却发现她们的谈笑举止，在瞬间，忽然被凝固了，双眼发瓷地望着这个远方而来的"异乡客人"！好大一阵子工夫，当我越来越接近他们时，才清楚听到"那个穿着军装是晓明吧，一定是他回来了。"这时，大家都直起腰来，纷纷放下手中劳动工具，似乎都用疑惑的目光打量着我，从他们的神态和目光中，我能判断出，有一大部分人认出了，我是谁。于是，我驻足下来，向大家挥手致意。

"晚上都来我家玩啊！"我大声地喊道。

再左拐，便到了家门口，终于到家了。我望着站在门前等候了多时的父母亲，他们兴高采烈地向我走来的时候，又勾起我去年离家的情景……

离家那天，正好在大前天下了一场中雪，到处是白皑皑的一片，我的心也跟着失去了颜色，像雪一样冰冷！舍不得……舍不得曾经留下过欢笑和泪水的家乡，舍不得曾经留下懵懂和幻想的地方，更舍不得这个茫茫世界唯一熟悉的地方。更不敢去想我即将离开前父亲的沉默、母亲强忍眼泪的表情！

"爸妈我走了。"

当我说着说着，喉咙哽咽，泪水纷纷落下！我怕眼泪来得太快，便转过头去，拖着破碎的心迈出了家门。没想到还是被母亲那低沉的哭泣声，止住了我的脚步。而此刻，满是心痛的我，还是忍不住回过身来，看了看妈妈一眼，她哭得像个孩子似的，满脸奔流着泪水，站在那儿，一动不动地望着我……我不敢再停留，便故作坚强，不回头，就这样离开了家，离开了家乡！

到了集中地，就在我要和双亲分别的那一刹那，我的父亲轻轻地拉着我的手，送给我一段离别赠言，我至今都记得。

"儿子，既然你选择了当兵，就要当个好兵。要记住，从走进坦克部队那一刻起，就得好好学习，努力地工作，要对得起肩上所担负的责任。"父亲停了停，好像有些上气不接下气似的。

"儿子，你就要走了，爸爸这辈子没有什么好送给你的，只能给你两个字：坚持，知道吗，坚持！"这番意味深长的话至今一直深深地藏在我的心里。从那往后，"坚持"便成了我成长道路上的坐标，做事的方向。我坚信，坚持就是胜利……爸、妈，那个天真孝顺的孩子，真的回来了。

站在他们面前的我，放下手中的行李，便一一地向二老问候。我的妈妈喜笑颜开地迎了上去，接过我手中的那只挎包，拉着我的手仔细地打量了又打量，虽然好久都没有说出话来，但母亲内心的那份快乐，那份任何时候都未曾放下的惦记、思念、亲情，我还是能感觉到的。毕竟我这一别也有近九个月了，"儿行千里母担忧"！在一旁的父亲，依然保持着他那斯文、沉稳与大度的习惯，站在那儿一言不发，只是看着我们母子俩，笑嘻嘻的，虽然还未能有机会插得上话，但我却能看得出，他的脸上早就写上了自豪的字样与光彩，因为他知道，站在面前的儿子到部队去是很努力的，在短短的几个月内就能有所作为，并且离提干只有一步之遥！于是，我随即从挎包中掏出一包香烟递给了我的爸爸，他点了点头，又是一笑。

简单的聊天后，由于回来走的都是沙石公路，一路尘土飞扬，弄得我们兄妹仨满脸都是灰尘。站在身旁的父亲却不耐烦地摧着我们，用手指着事先放在长凳上的脸盆，意思是让我们过去先洗把脸再说。

一股浓浓的亲情，让我一回到家就真切地感到了。我的直觉也告诉我，这两天来，我的父母亲，他们肯定为我的归来而忙得不可开交。那房前、房中都打扫得干干净净；桌上摆的、锅里煮的，全是我喜欢吃的……这一切的一切我都看在眼里，记在心间。

就在母亲手上的活儿还没有干完时，她好像又突然想起了什么似的，只见她立马跑到外边将晒在铁丝上的棉被、褥垫收了下来，为我的起居做准备。我的母亲她还是那样，为了我们，为了这个家，犹如一头默默无闻的老黄牛日夜的辛苦劳作，忙碌不休，用她那瘦弱的身躯支撑着家中的一切活儿，但我的母亲她从来没有一句怨言，没有半句性急的话语挂在嘴上，相反的心里却总是乐滋滋的。

被褥在太阳光下里外晒过通透，在拿进来之前，母亲要用手掌在被面或被里上"嘭嘭、嘭嘭……"地敲捶几下，让棉絮在保持现有的干燥下，致使棉被更加膨胀与更加松软，充满空气，让你睡得更香甜。至于什么时间收回被褥，我母亲是有讲究的，有着自己的主见，并且拿捏得很准，这一点，我们做儿女的都知晓。暖和、热乎乎的被褥被母亲抱进房间里，忙着为我铺床、铺铺盖。

"我自己来吧，我能行的。"跟随在母亲后边的我，连忙对她说道。

"今天不行，你刚回来，这一路又乘了好几个小时汽车，太辛苦了，你还是看着吧。"母亲边铺着，嘴里边说着。这一拉话匣，便是滔滔不绝，有说有笑。那种甜蜜与幸福之感，一下子满布了我的每个神经末梢，能和自己的亲人在一起真是太快乐了！

母亲铺床不仅有速度，更追求其舒适感。她跪在床上，不是抻抻被头、扯扯被角，就是抖抖床单、折折单边，连每一条皱褶、每一个角落都不会放过。一会儿那床单变得平展光滑，轻轻地卧于褥垫之上。站在一旁的我，除了看着母亲之外，更多的是享受那种母爱。母亲就是我的天，就是我的整个世界。

铺完后，母亲便得意地走了过来。

"明儿，保你今天晚上睡个安稳、舒适的觉。"

睡在母亲给我铺的被窝里，我的感觉不仅在于这棉被、垫子有多么的松松软软、舒舒服服，更重要的是因为母亲的爱，让我感到无比的温暖。

其实！对于儿女，父母亲并没有太多的希冀，只是希望我们有理想、有抱负，我能提干，将农村户口换成城镇户口就行了。否则，他们也不想让我远离他们的视线，远离家的温暖，变得像远山的云，越飘越远……天下的父母，有谁不希望自己的儿女永远在身边依臂绕膝和在跟前没完没了地问这问那呢！

天渐渐地暗了下来，我和母亲一起进了厨房。父亲正抱着一捆晒干的桑树枝，向灶后走去，而母亲在桌前又拿起了菜刀，"咚咚咚咚……"响个不停。不一会儿，那熟悉的锅中油炸声、摩擦声、撞击声、炒菜声以及灶膛中的"吱吱"声和加水声……又一次进入了我的耳边，此起彼伏，就像那长长的五线谱一样，在屋中旋转、翻滚、荡漾着。

我看看看着，不由自主又想起了天真烂漫的童年，那个清纯无瑕的岁月。

小时候，家庭人口多，日子清苦，缺吃少穿，但母亲为了让我们吃饱、吃好，每天对饭菜都变换着花样，就连那难以下咽的榆树叶，母亲也能做出花样来。玉米饭中掺点大白菜，白开水中倒点酱油……母亲总是想尽办法把饭菜弄好，让我们吃好。那时感到母亲很神奇，不论做什么饭和菜总是很好吃。看着母亲炒菜时从油瓶子里往外滴几滴，生怕滴多了，感觉母亲有点吝啬，孩提时不懂母亲的心，不懂"宁可顿顿缺，不可一顿无"的道理。那个年代，很多家庭有青黄不接、饿肚子的时候，但由于母亲的聪明和精打细算，我们从小没挨饿过。

有一次，母亲买了一块肥猪肉，为了多吃几次，炼了油存在罐子里，炒菜时用筷子戳上一点点，炒出的菜味道特香，我吃不够母亲做的菜。

闻着罐里的腥油散发出诱人的香味，趁母亲不在意就去偷吃罐里的油渣，那香，至今留在心间……久而久之，不管是处于儿时，还是长大后直至参军前，一日三餐虽然都是粗茶淡饭，没有饭店里的那么丰盛，但比饭店的饭菜都香，无论谁都烹制不出母亲饭菜的那种味道。要知道，用心做的饭与用情做的菜能一样吗？饭菜不是工艺的差异，只是味觉的不同，而味觉这东西，是不好用语言表述的，只有吃了才知道。

晚餐马上就要开始了。我望着母亲亲手精心烹饪的晚餐——满满一桌菜，我垂涎欲滴。好幸福！全家人又一次相聚在这青瓦房中，让我从饮食中再次品尝到什么叫亲人的爱，什么是回家的温暖！

## 梦随浪起

清晨，这是一个愉快、轻松，让人陶醉于大自然奇妙致景中的时辰，全身的感觉只有一个，每个毛孔中都浸润着一种久违的激情。虽然时下已进入收获的十月，空气里弥漫着丝丝的凉意，但我只穿了件 T 恤衫，沿着沾满露水的小路，穿越在如同溪云浮生、云蒸雾绕的纱帐之中！不知不觉地踩上田埂，让草儿贴地，让自己的情怀贴地，俯视着那层层叠叠、丰收在望的稻子。

眼前这片稻子，一片金灿灿，我好像置身于金色的世界里，随着浅吟低唱的微风轻轻地飘拂，一股浓浓的清香气息扑面而来，温润着，似心底的流泉，点点滴滴沁人心脾。我忘记了一切，忘记了自我，尽情地享受着大自然创造的美。

那一串串弯腰俯首，一式背负姿势的稻秆，紧紧的簇拥着，风儿"沙、沙……"吹过的时候，翻着金色的浪花，幸福而饱满，带着浪漫的祝福，萦绕在神秘无瑕、充满憧憬的大自然中，好似在不断地向我点头致意：远方的客人，欢迎您回家！

就在此刻，东方的太阳也露出半边脸，云霞流金溢彩，偶尔飘过的云朵，变换着多种图案从脸上轻盈地滑过，使阳光柔和。而那沉甸甸的稻穗在霞光的映照下，披上了一层粉色的外衣，笼罩在迷人的橘红色里，笑弯了腰，一闪一闪的，泛着金光……"啊！美极了！"这片远古的土地，美丽的田野你始终都充满了无穷无尽的生机——养活着华夏的儿女们！

　　霞光渐渐褪尽，冉冉上升的太阳，将温和的阳光洒在这片的金浪滚滚的海子中，也洒在我的脸上，暖暖的。我眯起眼睛，面对着阳光升起的方向，一时间恍惚起来，似乎想不起来有多久没有见过这清晨的场景了，其实，每年的金秋时节，我都得回家一趟。

　　因为在我心中，秋天，虽然没有春天那么灿烂、美丽，可它有天下一绝——红，比春天更有欣欣向荣的景象；秋天，虽然没有夏天那么多会歌唱的小生灵，可它有独一无二、灿烂辉煌——秋意图，比夏天更有五颜六色的景象；秋天，虽然没有冬天那洁白的外衣，可它有一片——金色的浪花世界，比冬天更具有生机勃勃的景象！

　　我望着这幅阳光洒在大地上犹如挥毫泼墨的中国画，又回想起童年……

　　我的童年，处于二十世纪的六十年代初。那时本就缺吃少穿，日子极为清苦，可是自然灾害的光顾、降至，瞬间让百姓相依为命的庄稼颗粒无收。

　　地处黄海之滨的苏中平原，以大米饮食为主的百姓，同样未能逃脱厄运。年幼的我，虽然当时不懂事，也不知道大自然发生了什么，但在幼小的心灵里，不求顿顿能吃上白莹莹、香喷喷的大米饭，就是一顿也满足了。可就是这一顿，平时却很难求得，只能在过年的时候，全家老小才能享用。

　　三年的自然灾害，导致全国性的粮食和副食品短缺危机，名副其实，

"饥饿"一词成了那个年代的代名词。虽然那个时候良田不少，但却年年旱灾，粮食歉收，常闹饥荒，使整个家庭一穷再穷，几乎家家户户都是靠野菜粗粮熬粥过日子。

不仅如此，农民还有一个最难迈的坎，那就是来年的春天和夏天，这个季节正是粮食的青黄不接期，同时也是生命的挣扎期。所以，当时被百姓恰如其分地说成："春天叫春荒，夏天叫夏荒"，其结果自然可想而知。

但我们的长辈并没有因为饥饿，而放弃对生命的热爱与追求，也并没有因为贫困，而丧失对生活的勇气和信心。他们为了儿女、为了生存，不厌劳累、不计巨细，甚至拖着有病的身躯赴田间捡拾稻穗的剪影，犹如一团不褪的火焰，永远燃烧在我的记忆深处。

那年我刚上小学，每每放学后，总乐意与爷爷、奶奶、母亲一起出去拾稻穗。那时的我，却是懵懂少年，不知为何要这么费神费力，其中的真正原因在当时我是无法理解的。

我依稀记得，那是秋后的一个黄昏，夕阳倾斜，余晖遍洒。暗红和金黄的色彩将整个农田浸染。该收割的都已经完了，眼前是一块块赤裸裸的田地，只有田边、地角、零星的野花静悄悄地陪伴着它。偶尔也有小鸟飞停于田间，"叽叽喳喳"叫个不停。由于我们的到来，安静而又肃穆的气氛一下子被打破了，好像还惊动了土地爷，隐隐约约能听到，"这种日子何时是个头啊！"

是啊！何时是个头。其实，在这儿，我们都不会知道答案，只有风、只有上苍可以知道。但它们却无语。

来到田间，她们不声不响，很仔细，弯着腰，低头俯视，不放过一株残留的稻穗，哪怕上面只有几粒，也如获至宝，倍加珍惜，放入提篮中。久而久之，额头上的汗水在她们弯腰的时候，从脸颊"簌簌"地落到稻根上，似乎她们没有察觉。然而，尤其有疾病在身的奶奶，每捡完一次，腰都很难直起，两条腿也像灌了铅似的，无力向前迈步。

我凝望着眼前这位慈爱、可亲的老人，心绪如潮涌上。虽然我奶奶是一位普普通通的农村女性，没有文化，没见过什么世面，但在我们儿女的心目中，她是世界上最好的人，最伟大的女性。

"奶奶你行吗？"我忍不住问道。

片刻后，我奶奶慢慢地将腰直起，那面红气喘的脸上，强笑着，勉强地向我点了点头。我伤心地看着，天底下所有的女性，手中都有一支七色笔，心中都有一支七彩梦，都日日夜夜梦想着涂抹人生的绚丽。然而，当她们的孩子进入了她的生活，尽管那张美丽的图画还没有画完，她们也会停下手中的笔，于是，孩子便成了她继续的七彩梦，便成了她一生中无怨无悔的选择。

"妈妈，这样捡，多累呀。"我又问了身旁的母亲。

母亲良久没有吱声，慢慢抬起头来，拭去额头的汗珠，我才看到了她眼神中微微的嗔怒与责备的神情，但她并没有骂我，却叹了一口气。

"家里缺粮，逼迫无奈，拾点，补贴家用。"她摇着头说道。

"再说，落下的稻谷放在田里也浪费呀，多可惜呢！"母亲又语重心长地对我讲道。她停了停。

"等你大了，你就懂了。"接着又说。

就在这一瞬间，我仿佛觉得那摇摇晃晃的姿势、默默渗入泥土的汗珠，就是人类与死亡争夺命运的一种境界，也是长辈对爱一种的释放，更是责任的最好诠释。正如作家肖复兴所讲："世界上有一部永远写不完的书，那便是母爱。"

天快黑了，我放眼望去，一望无际的田野，看见有人时而直立、时而弯腰的动作。点点的身影，越来越多，在夕阳中显得那样的有序而又宁静。

是呀，当岁月烘干所有记忆的时候，奶奶的身影、妈妈的音容却一直在我眼前、耳际荡起：如鼓，锤敲山壁，嗡嗡作响；如水，涓涓长流，肆意冲刷我内心的每一处；如汁，熬成了黏稠的情，在夜阑人静的时候，熨帖在我泪角处。

而今，我的爷爷、奶奶、妈妈都已移居黄泉，和稻草人一样跌入泥土不再起来，即使我将膝盖埋进坟土，也无法缩短咱们之间的距离。但是，我看到这稻，好像就是他们化身，映在我的心中。

因此，每每到了初夏的夜晚，月光轻洒，和风拂面。我更喜爱，青蛙的"呱呱"声，小虫的低语，朦胧月下的田野，水稻拔节的清脆声……十分动听、悦耳。

尤其是到了水稻灌浆抽穗的季节，那绿秆上密密匝匝，红的、黄的、粉的，一片片细碎且羞涩的花朵，掺着淡淡的香味，不时地往鼻子里钻。虽然稻花不惹眼，却是田间里绽放最美丽的诗篇。

不过，最让人心动的时刻要数拔节中的抽穗。一棵棵腆着肚子的水稻，终于幸福地怀孕了，宛如一个个风情万种的少妇，生动而鲜活，焦急地等待着临盆的那一刻。在期盼中，陆续分娩了。没有痛苦的呻吟、挣扎与血迹，一切都在神秘与静谧中悄然进行。一个个嫩嫩的谷穗上，还有稻花连着、黏着，便愣愣地从母体中娩出，探头探脑，临风而立，欣然来到了有水有光的世界中，迎接阳光的沐浴与洗礼。

进而，到了九月份的时候，水稻便开始慢慢垂下头来，沉默着，日渐丰盈，直至微微泛黄。这时从不炫耀，从不张扬的稻穗，已经懂得如何感恩大地，如何奉献自己了。

是啊！那份悄悄隐藏在羽翼之中的梦想，伴着波浪，在日月悠远中起伏、传递，吹褶又漾开，一茬又一茬，年复一年……最终梦想成真。其实，古往今来，人类社会正是因为有了梦想，才从蒙昧无知的刀耕火种中走到文明昌盛的今天，否则，永远也是不会奏出美丽动人的乐章。

如今，那些庄稼人在一次次丰收后，日渐沧桑的脸庞都会由衷地露出笑容，不再为生计绞尽脑汁而发愁了……也许是因为阳光直射太久的原因，我的眼睛突然流泪，感到疲惫，我便转过身来，想让眼睛避开光线的侵袭。就在那一瞬间，眼里的光线却变得暗淡起来。

"请微笑一点！"不远处传来一声。

一个相机对着我"咔嚓"一声，那一刻我被定格了。原来是我儿子给我拍照了，我们有个约定，每年回来都得留下一张"光辉形象"。

虽然这些年来，我逐渐远离农村，远离我熟悉的乡土，但是，对于水稻那份与生俱来的情感却依然执着不变。那金星飞溅，彩波粼粼，绮丽无比，充满梦幻与神奇的稻浪，就像仙女手中的一把镜子，脱手了，变得支离破碎，荡漾开来，显得更加美丽！谁见都爱，可亲可敬。

我仍然以一株水稻朴实的姿势，站在田园中，长久地眺望……

愿这梦永远随着滚滚而起伏跌宕的稻浪穿晨雾、越丛林、翻山坡、漂海洋、过平原……照亮全世界，温暖人类心！

# 生命的常春藤

在浩瀚无边的宇宙中，有一颗神秘而又迷人的蓝色星球，正孕育着生命，载着梦想，不知疲倦、周而复始地旋转着……她就是我们共同赖以生存的家园——地球！

千百年来，你敞开胸怀，用忠诚与乳汁、无私奉献的爱，抚养着儿女；与此你又张开羽翼，用温情与宽容，呵护着人们。让人类享受着无与伦比的幸福与快乐。

地球，就像慈祥的母亲一样，将来世的人们，用永恒，犹如常春藤般的母爱，把每个儿女紧紧地拉在自己的手上，源源不断地提供着营养与水分，一同穿越春天和煦的阳光、夏日呛人的炎潮以及共享秋季丰收的硕果和驻足寒冬里银装素裹的美景。四季交替，年轮滚转，而你每时每刻都以母亲的身份，尽心尽力地在每一个日子里吐纳芳菲，让天下的子孙安康、舒畅！

然而，生活在这个世界上的我，从婴儿的"哇哇"坠地，除地球给予的爱，还有一位生我养我的母亲，用那瘦弱的身躯，把我哺育成人。

我的母亲 1932 年出生于苏中平原一个偏僻的小村，家里穷得叮当响，举步极为艰难。在母亲还不足十岁的时候，外婆家又增添了一个男孩——我的舅舅，这对于本来就一贫如洗的家庭无异于雪上加霜。后来我才知道，我的舅舅是从母亲的伯父家抱过来的，好让外婆家有个传宗接代的人。

随着年龄的增长，我的母亲开始上学了。不过在旧中国，人们的"重男轻女、男尊女卑"思想经过两千年的封建社会放大到传统文化中，达到了变态。一个女孩想要享受更高层次的文化和知识教育几乎不可能，家庭经济艰难暂且不谈，就是有钱的大户人家，也只会让男孩上学，何况一个穷苦家庭出身的女孩呢？

我的母亲同样没有能逃脱旧制度的束缚，厄运也落到了一个还不满12 岁的小姑娘身上。她只上到小学就辍学了，而回家务农。母亲曾跟我讲过，那天，她很伤心，不吃不喝，无数次地滂沱痛哭。她痛哭自己从此与上学无缘。论天赋、智商，母亲绝对是块学习的料子。可她的一生，文凭就是个高小毕业。从我记事起，母亲没有用一句性急的话语、半语的怨言对待她的父母，她认了，这就是她的命运！

母亲的勤劳、善良和手巧，是村里出了名的。据说，之所以嫁给我爸爸，是因为我奶奶早就看中相好的。于是，在媒人穿针引线之下，和我的父亲结婚了。说来也巧，外婆家与我的奶奶家不仅同住一个村，而且还同住一个组且同一排的住宅区中，两个住家只相隔一户，真是"近"上加亲！婚后，由于我的父亲在外地工作，我的母亲只能和爷爷、奶奶、叔叔、姑姑住在一幢四边墙都是用烂泥巴堆积起来的四间半茅草屋里。虽然那个时候家庭人口多，经济拮据，日子清苦，缺吃少穿，但一家人仍把日子过得有滋有味。

我的母亲先后生育两男一女。就在弟弟刚出生的时候，母亲只能将刚好三岁的我，托付给了奶奶，再也无法投进弟妹连续占着的母亲怀抱。

年幼的我，不知有多少个黑夜，大声哭着要跟妈妈睡觉，母亲答应了却背着我在乡间的小道上来回走走、转转，转得我不知不觉地睡着了，到第二天醒来，我仍然睡在奶奶的身旁。久而久之，我也渐渐地理解了母亲的苦衷，明白了她为什么"不管我"了。其实，那份割舍不断的牵挂，每每从母亲呆板的眼神里总能让人看出，是多么的希望自己的儿子能回到自己的怀抱中，只是那时我太小、不懂而已！

在这个家庭中，我是长孙，是爷爷奶奶的命根子。自从有了我以后，整个家庭变得欢乐喜气，处处弥漫着欢声笑语。特别是我的爷爷奶奶像换了个人似的，整天乐哈哈，对我无比宠爱。不管是串门，还是走亲访友，甚至去田间劳作，都把我带着，逢人就讲："这是我的长孙！"我也由此成了爷爷奶奶的影子。

现在想起来真有趣，不过在当时于这个家庭而言，长孙的出生确实是件大事、喜事，更是件了不起的事……因为这个家的香火可以传承下去了。

少年时期的我，正值大集体的年代，那时乡镇都叫人民公社，村叫生产大队，组叫生产小队。实行的是合作社，村民都叫社员，一不能经商、二不能务工，都是靠挣工分吃饭，出集体工是要打分的。打的分就是工分，年底分粮时，就按工分积累的多少进行分粮，分得的粮食就称为生活口粮。我们这个十口之家，虽然同在一个锅里吃饭，但年终的核算都是以自然组合的小家为个体，实现独立核算。我的母亲作为我们娘儿母女四个中唯一的劳动力，不管母亲一年三百六十五天怎样去辛劳耕作，靠她全年劳动所挣来的工分，想平衡队里所扣除的口粮成本，却是不可能的，所以找钱是必然的。

那时的母亲真是很累、很苦。累了一天，连早点睡下伸展一下身体，也是奢望。因为她每天起早贪黑像个学生上课和放学一样，辛苦而有序，回到家后，不是忙着切猪草，就是去自留地干活，经常是一人挥耙舞锄、挑粪浇水。施肥、治虫、锄草、放水，母亲几乎全能。忙完这些还不算，她回家还得打理家务，带好弟、妹、我三个孩子……沉重的农活，岁月的艰苦，过早地把母亲原本红润光泽的脸上留下沟壑纵横的皱纹，而使母亲日显苍老。

都讲儿是娘的心头肉。几十年过去了，我的脑海里还深深镌刻着那段历史。

那个大跃进的年代，正值物质极度匮乏的时候，全家人吃的就是能映出人影的稀粥或掺入山芋的薄粥，一个月下来也只能吃上几顿用大麦磨成的"苋儿"饭，菜都是自家腌制的。可我的母亲每次在吃粥前，总会先用勺子从锅底里捞一匙稍稠的给我，或从自己的碗中将沉淀在底部的几粒米倒给我，基本上不让我吃大人饭，喝大人粥。

每逢春节，忙了一年的母亲和家人才得以歇息，吃了一年素食，才有口福吃点肉。全家十几口人，就买了几斤生肉。我们家有个习惯，平时或逢年过节时，吃的菜都是以自然小家为组合，由奶奶掌勺分成一份份。各自的父母领着全家，一起就餐。而我的母亲却在吃菜时，倘若夹住一块肉，总是舍不得自己吃，不是给弟弟、妹妹就是给我。她看着我们仨吃肉常常问："肉香不香？好不好吃？"当听到天真、幼稚的回答声时，她笑得开心极了，似乎也品尝了肉的香味，最终自己只能吃上一点剩下来的汤。这就是母爱的最好诠释，朴实而深沉的一种付出！

我想，疼爱儿女是天下所有母爱的本能，生活中我们每个人都是在母爱的滋润下长大的。我又想起了著名作家冰心说过这样一句话："母爱，从来就不是千篇一律的，她就如一部永远书写不完的书。"是的，世界上有一千个母亲，就有一千种母爱，然而每一种母爱都是一首深情壮美的诗。

时隔不久发生了一件事，有个情景至今依然很清晰，那灯光下的身影，一直埋藏在我的心底。

那年，我才八岁，眼前的农事、家务事已经把母亲忙得不可开交，她走起路来都得小步快跑。可没有想到另外一件事又发生了。

屋里孤灯昏黄，灯光在屋子的四周留下了许多暗影。当我在朦胧中睁开眼睛的时候，我看到了母亲坐在我的面前，她望着我，一串泪珠从她的眼角，扑簌簌地滚落下来。那时我还不知道发生了什么。后来我才晓得，我得的是脑膜炎，高烧一直不退，前后有一个多星期。而我的母亲却整日整夜地坐在我的身边，还不时用冷毛巾敷在我的额头上。

在我的记忆中，长到这么大，我们兄妹仨从来没有听到母亲说过她如何如何地爱我们、疼我们，但这种无声的爱则更是厚重，更是深沉，更是炽热，更是感人，更是刻骨铭心。验证了人们常说的：母爱无言、母爱无边。

我们渐渐长大了。母亲虽然读书不多，但从我记事起，母亲就把从书中悟出的道理，用独特而通俗的方式演绎出来，教我做人，教我成长，犹如一盏明灯，为我指明前进的方向。

1968 年的夏天，那时我还不到十岁，刚刚放了暑假。那天，我吃过早饭后，又准备去队里干农活——栽秧。

"儿子，你是不是又要去队里干活呢？今天可不行，全家人都休息一天，集中力量把家里那几亩自留地的秧，栽一下。"母亲走过来轻轻地问道。

当时我没有立即从正面回答是去还是不去。因为我不想当着那么多长辈的面，说出自己的心里话。其实我是知道的，只是装着未听见而已。于是，我把母亲拉到一旁。

"妈！我还是去队里干活吧，因为在家里做，又拿不到工分，何必呢？"我说道。

回答确实是有点天真、幼稚，甚至觉得好笑，但不管怎样，当时心里有一点我是很明白的，因为我是长子，有一种多帮助母亲分摊担子，多挣一点工分的责任，以便到年底少找一点口粮钱。

话音刚落，母亲的脸色瞬间变得阴沉、严肃起来，两眼发出一种极为深邃耀眼的光。这是我第一次看到母亲眼里有如此强烈的透明光，是我从未见过的光，是从母亲的心里迸发的。因此如此深邃，又如此耀眼。

　　"儿子，你有这种想法，我能理解。不过，有一点你要始终给我记住，我们是一个由十几口人组成的大家庭，就是一个集体，不管做什么事，想什么问题，都要全家一盘棋，不能由着自己的性子来啊！"

　　简短的一席话，如胜读十年书。我的精神和良心被母亲唤醒，让我明白了全局与局部的关系——人不能光想着自己，为自己活着，还得想着别人，为别人活着，大家好了小家才会更好！

　　记得还有一次。那时母亲已经是一家社办工厂的工人了，她的同事们一个个都穿着漂亮的确凉衬衫，特别引人注目。回家后，我劝母亲也买件穿穿，可她却说："过日子要勤俭节约，不能大手大脚，钱要用在刀刃上。"

　　在我上初一的时候，来到了父亲工作的地方，一家五口人终于团聚了。从那时起，我们的家，的确是一个温暖而快乐的家。而我的母亲仍然像一只不停旋转的陀螺忙碌着，每天除了正常上班之外，还得忙于整个家务，总是默默无闻地做事，从不多话。母亲在一家公社办的线网厂工作。原本就很勤劳的她，发奋工作，不但是一名精通业务的能手，还是管钱的内当家。年年被评为先进产生者、优秀党员。我们的家境也渐渐兴旺起来。

　　1976 年我高中毕业，之后便离家远行了，每年只能回来一到两趟，而我每次回家休假，都渐渐地感觉到，母亲越来越絮叨了，对我的疼爱倍加了，什么都不让我干。一会儿不厌其烦地叮嘱我穿暖吃好，一会儿又讲在外要好好工作……我注意到，母亲的白发又新添了不少，额头的岁月痕更深了，手背上的血管，如条条蚯蚓在爬行……这都是因为我们，因为我们是母亲的儿女。

每次临行，本就不多的行李，硬是被母亲抢到她的肩上，我不让她拿，她却非要跟我争，不管怎么说都不行。我说我空着双手，让路人看着也不舒服啊。

"你长大了，就不听妈的话了吗？我愿意，关别人什么事！"母亲火了。

拗不过母亲，我只好随了她。很快，母亲满头大汗，说起话来有些喘气，我要换她，母亲依然不让，而且还乐呵呵地冲着我笑。

"你记住，长多大你也是我的儿子！"

就这样，我们走一程，母亲唠叨一程，直到我独自拿起行李上车时，母亲大人才渐渐地收敛起脸上的笑容。她忍不住了，顿时，热泪盈眶，奔涌而出，沿着脸颊"簌簌"地落在了地上，也重重地打在了我的心上。这泪水，只有做儿女的才能懂得，才能理解。

尤其是我们每次的告别，总是看到母亲原地驻足，依依不舍地望着远去的汽车。只见她一只手抹着眼泪，而另一只手却在空中不断地挥舞着、挥舞着。此时此刻，我的心里禁不住滋生了负罪感，鼻子忍不住酸酸的。作为儿子，我却未能长伴母亲的左右，很好地照顾她、孝敬她。我的眼睛也湿润了，朦胧了前方的视线……

母亲啊！我忘记不了您浸骨的亲情和瘦弱的身子，你就是一根常春、绵长的藤蔓，把触角延长到我人生岁月的每一个角落，使我这棵依傍在藤蔓上小朵，生长、开花、结果，最终成为社会有用之才。

从此，每当我徘徊在人生十字路口时，是您和风细雨地为我指点迷津；每当我遇到困惑陷入绝境时，是您循循善诱地为我开导；每当我取得成绩时，又是您……这一切都源于您那无微不至的母爱！那是充满着慰藉的爱，充满着希望的爱，充满着力量的爱。这种爱更犹如一根枝繁叶茂的藤蔓，深深烙入我的心灵深处，因为爱是生命的常春藤，让我在滋润中不断地成长！

# 父亲

　　站在思绪的彼岸，我放逐岁月，浅笔静开，父亲那温暖的话语，刚毅的眼神，有别于他人的教子法以及对事业追求，逐一在我的灵魂窗口定格，在追思的恬然中，缓缓地释放着岁月静好的沉香……

　　我的父亲生在如东，长在如东，出生在一个贫寒的家庭，在他父亲8岁时，他的爷爷就撒手人寰，先天失明的奶奶艰难地拉扯着只有几岁的兄妹仨，作为长兄，父亲的父亲用稚嫩的双肩过早地挑起家庭的重担。上帝为你关上一扇门，但总会为你打开一扇窗。我的爷爷虽一无所有，但他凭借着从小练就的吃苦耐劳、憨厚善良博得聪慧睿智、开朗大方、堪称大家闺秀的奶奶的芳心。我的奶奶宽厚仁慈，作为长嫂，在两个小姑子出嫁时，她把自己的嫁妆分为两份给她们作了陪嫁，至今传为佳话。家境的苦寒清贫，父母的潜移默化，让我的父亲从小就变得刚强执着，好学善思，他深知知识可以改变命运，学习成绩总是名列前茅。初中毕业的他本可以如愿来到梦寐以求的如皋中学，但作为长子长兄，他想早点替父母分担，替弟妹解忧，于是毅然决然选择了免费的如皋师范，毕业后成为了一名光荣的人民教师。

小时候爱学习，或多或少源于家庭的无奈，但不知不觉，爱学习就变成了他的习惯，几十年如一日，并始终伴随他的工作和生活。他先后从事过肃反审干、教育、农业、医疗、政府、人大等工作，对于毕业于师范的他，每一项工作对他都是全新的挑战，但他总能轻松应对，其中最大的秘诀就是爱学善学勤学苦学。二十世纪六十年代的公社，工业几乎为零，农业是主业，为了做一名称职的公社领导，他进修了农学课程，成为了一名高级农艺师。扎实的专业知识，丰富的实践经验，他能把枯燥的广播会都开得那么动听，前几天还有我的同年老乡对我说：那时只要你爸在广播里一讲话，我们全家人就会放下手中的活坐到广播下认真收听，在我们幼小的心灵里，觉得你父亲就是世界上最伟大的人！医院是知识分子汇聚，业务要求很高的地方。父亲自从踏进医院大门的那刻起，就一头扎进层层叠叠的医书中，一本又一本，一科又一科，几年时间他竟在全省的院长大会上作经验介绍；退休后的十八年，他又一心扑在关心下一代工作上，每天半天工作半天学习，一直做到全国先进也不言休。如今他最大的兴趣爱好还是学习，每逢孙辈探望，他总会笑眯眯地掏出最近珍藏的书报对他们娓娓道来、循循善诱。

因为家庭和父母的缘故，养成了我父亲温和善良、平易近人、勤俭持家、艰苦朴素、严于律己、乐于助人的优良品格。工作 60 年，他从未与同事红过脸、与别人争过利，在他的朋友圈里，没有达官显贵，没有富甲土豪，有的只是同事朋友，更多的是普通民众，连他结的亲家，都是清一色的农民兄弟。他亲民爱民为民，始终是群众路线的忠实践行者。他自幼知节俭，即使在生活改善的今天，他还是不忘本色，不攀比、不奢侈，秉承着勤俭持家、艰苦朴素的优良传统。

孔子曾言：其身正，不令而行；其身不正，虽令不从。一直以来，他谨言慎行，从不以权谋私。他对自己对家人严格得近乎苛刻，我的母亲跟随他东奔西走 40 多年，到退休还是一名凭手艺吃饭的普通工人；我高中毕业于靠推荐上大学的年代，本来凭他公社党委书记一句话，我就可以跨入大学的门，但我父亲对我说：只要我在这儿当党委书记，你一不得推荐上大学，二不得入党。他把推荐的名额让给了百姓家庭，把我送到农村去干活，最后我心中带着对父亲些许的怨意很不情愿地走进军营；弟妹本可以靠他找到理想的工作，但最后妹妹只好随了军，弟弟下岗至今还在上海打工，但父亲却帮助无数需要帮助的普通家庭圆了梦。俗话说帮助别人就是帮助自己，就连今天的老伴也是感恩于他无私的帮助和他走到一起的。现在儿女们也已明白，当时父亲的狠心其实是良苦的用心，不经风雨哪见彩虹，我们之所以能有今天，在平凡的岗位上有所作为，都是源自父亲的言传身教，源自父亲的示范引领，源自岗位的摔打磨炼。

还是因为家庭和父母的缘故，一路走来，父亲显得淡定从容，他工作精益求精，任劳任怨，踏实巧干，不图虚名。他一直和群众打成一片，想群众之所想，急群众之所急，他从不去逢迎权贵，不计较个人的名利得失。公道自在人心，付出终有回报，我父亲很幸运地遇上了清纯的年代，有着开明的领导慧眼识才，他一步步从公社组织委员、公社党委书记、人民医院党委书记院长、李堡区委书记、县政府副县长直至在县人大主任岗位上光荣退休。学习给了他工作不竭的动力和智慧的源泉，他勇于探索，敢于创新，农村改革、缩棉扩桑、土地承包、乡镇办学、宁蒗支教、依法治县……他所分管过的工作曾获得了无数的荣誉，有的至今还是海安的品牌。退休后他发挥余热，在县关工委主任岗位上一干又是近二十年，海安的关心下一代工作名扬全国。

此外，在平日的生活中，我的父亲更是一位温暖慈爱的人，他的言语中总是渗透着对儿女们的爱。

那年，我还小，时任西场公社党委副书记的父亲，在那场来得迅猛、势不可挡的伟大运动中，同样的未能幸免，被造反派莫名其妙地带走、关押。白天戴高帽，上站台，接受批斗，晚上还要写检查及反省材料。一关就是数月。远在如东老家、和他心心相印的妻子——我的母亲，好像知道点什么，于是，她只身一人来到了西场，想看望她的丈夫。但在那时，想与"走资派"的丈夫见一面，谈何容易！不过几经波折后，他们俩终于见面了。直至今日，那场景，我都难以猜想出，都难以用言语表达出它的神圣、崇高与伟大。可就在那短暂的相见时刻，让我们都没有想到，坚强的父亲开口的第一句就是"孩子们都好吗？"在那种特定的环境下，那种气氛中，眼前的丈夫几乎到了崩溃的边缘，一出口就说出如此的话语，虽然看似平常而又简单，但这是一个父亲对儿女关爱的最好诠释，一种朴实而深沉的付出！此时此刻，母亲的心该有多痛！

我们渐渐长大了，在我上初一的那年，便来到了父亲工作的地方，一家五口人终于团聚了。时任公社党委书记的父亲，为了改变全公社经济落后的局面，父亲就像一只不停旋转的陀螺，整天整日，夙兴夜寐地忙碌着。但不管父亲工作有多忙，每周都挤出一到两次，和我们一起谈学习、讲人生、聊未来……这在当时那个时代，我太幼稚而不懂得留意，甚至觉得过于平常。而今这一桩桩、一件件往事浮现在眼前时，让我对父爱忽然融进了一份特别的领悟：无私而纯洁，温馨而美好！

是啊！在这个世界上，引以为荣不在于父母留给你多少钱，多少财富，而在于亲情的贵重，那才是无价的、永生的、永恒的。因为饿了，冷了，累了，受委屈了……儿女们都可以到父母那儿去，依着这个避风港，靠一靠，歇一歇，甚至还撒撒娇什么的，除了父母，还有谁可以容忍呢？

曾经的故事、曾经的事，有很多很多。但现在细想来，父亲的坚韧、博大、无私、质朴、勤俭、真诚、慈祥等精神品质，在他的言传身教中，潜移默化地让我懂得"要想学会做事，必须先学会做人；做事重要，做人更重要；先学会了做人，才能做好事。"的道理，也致使我在部队这个特定的岗位上有所作为，我引以为荣。并且我坚信这些无价的精神财富还将惠及吴家的子子孙孙。

如今的父亲已是耄耋老人，但他仍然保持着敏捷的思维，爽朗的性格，乐观的心态，让我们这个大家庭时时洋溢着幸福、和谐和欢乐，无论儿女们身处北京、上海、南京、苏州还是海安，父母的家永远是我们魂牵梦萦的地方，永远是我们停靠的港湾……

# 不断线的风筝

　　我所在大楼的前面，是片开阔、迷人、新奇的广场。放眼望去：

　　那半圆形的小河溪水总是静静地流淌着，偶尔也能听到鱼儿欢快地穿梭往来，那静中见动，动中有静的美景，令人为之变幻，神清气爽！

　　那东、西两侧绿得深邃的树林总会点缀着五彩缤纷的鲜花，微风过处，清香扑鼻而来，沁人肺腑的空气使法国香水也相形逊色，让人为之陶醉，精神焕发！

　　更有趣的是，那些顽皮的鸟儿总能演奏出魂牵梦萦的音符，清脆悠扬，婉转深情，使人为之神往，脱俗忘忧！还有那一片用花岗石平铺的场地，仿佛就是一个露天舞池、健身场所……

　　这美丽的一角，充分展示了它种种平凡和细节的魅力，成了市民欢乐愉悦的源泉。

　　如今！每当清晨的太阳还没有离开地平线的时候，这里的人群已熙熙攘攘，跳舞的、打太极拳的、跑步的……应有尽有；每当西边的夕阳还没有形成的时候，这里的人群已成群结队，拿着风筝的、放着线板的、拽着线头的……千姿百态。市民们已习惯了这种走亲近自然的生活，与天地融在一起，用心交流，用情徜徉，用趣散步，与大自然的脉搏一起跳动，在寄情绿水中感悟生命的真谛，获得心灵的启迪，达到心灵深处的觉醒，实现心灵的超脱与提升。

恰巧我的办公室就在五楼，每当从窗口看到他们用长长的丝线拽着空中那来回自由摇摆的风筝时，心里就会涌动出难以抑制的冲动……

我，1976 年 6 月从一所乡办农村中学高中毕业，返乡务农。于 1978 年 12 月份，只身来到部队，接受着"革命大熔炉"锻造与考验！

当兵还不满三年的我，经南京军区司令部某部批准，提拔为一名排职军官。面对这份工作，这份事业，这份来之不易的职务提升，我并没有让那沾沾自喜的情绪长期而麻木地缠绕下去，我心知肚明，在光阴的海洋中，绝对不能无所事事，放任自流，任其漂泊，必须以一颗执着的心加倍地去拼搏，去奋斗，把胜利的音符，奏得更响、更浓、更具合力，让有限的生命，发挥出无限的价值！

于是，独身而又无牵无挂的我，几乎抛开一切烦心事，与世隔绝，拼命工作与潜心学习。直至到了 1985 年的 1 月份，我从几百人中又脱颖而出，考取了解放军通信工程学院（现为解放军理工大）计算机应用干部进修班。那一年我的年龄已 26 岁出头了，按照中国的婚姻习俗，我这般年龄，应是到了谈婚论嫁的时候，就是没有结婚，对象总该有了。

可我似乎对找对象并不着急，客观上讲，自己是一名军人，工作岗位特殊，心想先干好工作，再谈朋友也不迟。主观上讲，自己才提干几年，还年轻，天下有的是好姑娘还怕找不到合适的？就这样，一而再，再而三，一直拖着。虽说我没有觉得到了世界的末日，找不到对象的地步，但却把家中的父母、长辈、亲朋好友都急坏了，每次放假或休假，总是唠叨不停：都快三十岁的人了，还不谈对象、处朋友，别人还为你是个假小子呢！我越是不在乎，他们越是着急。

其实，平心而论，父母为儿女的婚事着急也是很正常的，毕竟婚事事关儿女的一生，事关儿女的幸福，更事关家族香火的延续。尤其像我，一个大龄青年，不说结婚，就连女朋友到今天都没有能确定下来，确实成了父母亲的最大心病。他们觉得，养了这么一个优秀的儿子，又是一名解放军军官，不早点找对象实在有点亏，况且有时候还会被别人误会，感觉自己的孩子是不是有什么问题等等。所以，只要一有机会，不是给你介绍这个，就是给你介绍那个，结果都以失败而告终，不过我却信，成功的婚姻是有缘分的，现在只是时机未到而已！

又过去一年，就在第二个暑假的最后一天，我准备吃完午饭就返校。正当开饭前夕的那瞬息，电话铃响了，刚好在第一时间内是我接的这个电话。现在回忆，当初无法知道，那次经人介绍而偶见的后面，却是意想不到的姻缘。

8月22日的那天，外边的气温还延续着夏天的炎热，中午的空气中还弥漫着呛人的炎潮。我跟父亲说了一声便按照介绍人指定的地点，急忙地来到了相见地。

没想到命运这么眷顾我，经媒人介绍，她是一名刚刚毕业且待分配的中文师范生，家住青萍北景村。虽然那次见面，我们各自的话语极少，表情害羞，但当目光相互碰撞以及传递手中苹果的那一刹那，那张清纯可人的脸庞跃入眼中，让我倍感亲切。她情感细腻纯真，待人接物大方，模样可亲可爱，特别是那副眼镜下，清澈的目光流露出无限的心仪……送我出门时，她那彬彬有礼的风度，镌刻在脑中，令我难忘而沉醉；分别时，她那浅浅的一笑，萦绕在心头，令我温暖而期望。当她定格在熙熙攘攘的人群中，那透过树叶缝隙的缕缕阳光，洒在她脸上的时候，显得格外的明媚、清秀。那一刻，我的心颤动了，难到心目中的那个女孩，就是她吗？

自从那次见面后，虽然我们各执一方，但通过书信却把空间的距离拉近了，好像再遥远也近在咫尺。每当我打开信封，取出信件时，那清脆而又斯文的声音犹如从面前传来，而我从朗朗的笑声中，从快乐的心情中，让我体味出那是绵延不绝的幸福，心里便像蜜一样的甜。就这样，她一封，我一封，你来，我往……封封信连接着咱俩的心，句句话承载着咱俩的愿。于是，在我回来之前，我对介绍人也讲了：就是她了。

但这还不行，按照家乡的风俗习惯，定了亲才是真正意义上的恋爱关系。所以，在家人、亲朋好友的见证之下，我们因缘分相识，因志同道合相爱，缘分和志同道合是缪斯赠予我们的红线与媒人。

在随后的两年当中，我们虽然经历了多次离别的无奈与感伤，但其恋爱的过程却始终充满了春天般明媚的气息，散发着爱情的甜蜜。不知有过多少次，相思如痴的我，多想穿上亮丽的婚服，坐上思念的舟楫，撑起幸福的竹竿，慢慢地随着那静静的水流，越过相思的渡口，驶入她的梦里、她的心里、她的灵魂深处。我多想，在那黄昏的午后，能执子之手，与子共赏天边那绚烂多彩的晚霞，与子共听那林间的鸟语。我多想，在夜深人静的时候，咱俩能互为依偎着，仰观那高挂的明月，领略那月夜的美景……多少个日子，多少个一刹那，只要碰上朗月高挂的夜晚，情怀所致，都会产生一种眷恋，怀远思情。

我们选择了1988年中华人民共和国成立之日，作为结婚的大喜日子。因为国庆节是一个新时代开始的标志，在象征着"增加信心，凝聚人心，团结一心"的日子里举办婚礼，会更美好，更喜庆，更有意义。

我们的婚庆，没有规模的车队，没有温馨浪漫的乐声，也没有红彤彤的地毯，更没有鞭炮礼花……但整个过程却充满了喜庆，充满了温情。在亲朋好友的祝福与掌声之中，倾心相遇的两个人一起步入了婚姻的殿堂，与子偕老，开始了全新的生活。

为期一个月的婚假，眼看就要到了。刚刚当上新郎的我与新娘的她，还沉浸在幸福、温馨的两人世界里。她上班，我忙家务；她加班，我等待；她看书，我搞自己的专业……那段时间，我们虽然没有过多的甜言蜜语，但却有了愿意一起白头偕老的伴侣，彼此懂得，珍惜对方；虽然没有更多的柔情话语，但却有了彼此心灵间的默契，彼此感受，爱在滋长……婚后的日子虽然过得平实，但却有滋有味，甜甜蜜蜜。其实，这种平实日子也好，"小百姓"生活也罢，这样的日子，让我感到最为稳定，最为温暖，最为长久，也最为幸福！

半年一次的相聚是短暂的，我们彼此被心心交融的甜蜜，冲撞得有些措手不及，几乎还来不及享受，很快就品尝到分隔两地的痛苦。

那一天太刻骨铭心了！

午饭后，我们俩像往日一样用自行车承载着说笑声，不过这次不同，以往是一对情侣的告别，而这次却是一对恩爱夫妻的分别，心里都知道那笑容是硬装的，其实咱俩的心里都是苦涩的。海安到南京，虽然路程只有近三百公里，并不遥远，但我是一名军人，部队对休假的次数与天数是有着严格的规定，每年只能有一次探亲假，当然，对方也不例外。一想到那天难舍难分的情景，我的心轻轻地一颤，因为那是一次不堪回首的往事。就在分别的那一瞬间，她终于忍不住了，热泪盈眶，奔涌而出，眼泪沿着脸颊"簌簌"地落在了地上，也重重地打在了我的心上，因为这泪水！只有我能读懂，我能理解。

汽车缓缓起动了，她仍然站在原地，一动不动，眺望着我，一只手不停地揉着涌满泪水的眼睛，而另外一只手却在不断地挥舞着……伤心的我，不知道什么时候泪水也盈满了眼睛。更记不清了，我是怎样踏上汽车的，只知道脚步是那样的沉重，心里是那般的刺痛。

就这样！远去的汽车拽走了她长长的思念，也载走了我深深的眷恋。

回到部队后，我纷繁的思绪开始滋生了所有想念她的日子。她那熟悉的容颜在我饱含深情与爱恋的眼眸中滞留，她那晶莹剔透的泪水一直在我忧郁愁伤的记忆里芬芳着……为那绵长相思而坐立不安，为那不能与她长相守而寝食不安……深深的思念，深深的牵挂，犹如一根长藤似的扎根于我的魂灵。

有着 12 年军龄的我，在 1989 年的那年，转业回到了家乡。我们爱得精心，爱得透彻，虔诚地呵护着彼此的真情，不再被思念的银河而分隔着。一双红心如同痴情的罗盘，终究从相思的孤寂中逃脱而出，在有她有我中一同奔放，一路远行，共同让那幸福而又甜蜜的感觉，在缠绵中，在厮守间，轻轻地触摸……

温暖的家庭不仅是爱情的巢穴，更是爱情遮风挡雨的港湾。来到地方后，我便有了一份不错的工作，成为一名公务员、一名机关工作人员，为那些繁杂而又琐碎的事天天地忙碌着。我的爱人也是如此，她就职于团县委，任办公室秘书。咱俩的进进出出，形影不离，那真是天上的一对，地上的一双！

可是，生活并不总是伊甸园，尽管葡萄可以酿成醉人的酒，但也有未熟果实的苦涩。等到我们把这个组合不长的家放进生活的熔炉中锻造时，很快就体会到它的不易与沉重。

1995 年的 6 月份，组织部门的一张调令，把我从县计划委员会下派到海南乡任科技乡长。组织的关心与培养，意味着希望，代表着进步，蕴藏着力量。然而让我万万没有想到是，下乡一干就是 8 个年头呀！

尽管当时这一举动会给我们的生活带来诸多不便，但带来巨大的艰辛不是我，而是我的爱人。

因为我在外工作的缘故，不能常回家，心中的那种亏欠感总是挥之不去，而她似乎总能看出我的心思，总是那样的微微一笑，像在说："老公，你放心，这家有我呢！"

因为我在外工作的缘故，她经常长夜不眠而担心着我的工作，总是不假思索、自言自语道："老公，你是不是又遇到什么不顺心的事？"

因为我在外工作的缘故，她除了正常的上班之外，还得承担家务与小孩培养的双重压力。当我看着心疼时，她总是若无其事地说道："这有什么关系呢？我是你的老婆，应该的！"

因为我在外工作的缘故，有多少个日日夜夜，她不仅做好了自己的本职工作，而且还用她的经验，她的言行，她的智慧，她的为人影响着儿子。如今儿子已大学毕业，走进了 IT 行业，成为一名销售主管……

我们的爱，不会因没有浪漫的往事而黯然悔恨；我们的爱，也不会因距离的洗涤而淹没彼此的依恋；我们的爱，更不会因没有话语而踏成了那些暗含永恒的红线。

细想起来，我们的爱，我们的婚姻就像飞翔在空中的那只风筝，只有永远地拽住手中的那根"包容"之线，摆动"理解"的那个帆，我们的生活，我们的爱情就能到达幸福、甜美的彼岸，就能共同走过春、夏、秋、冬！

# 年味

一晃就到除夕了，今年是我人生中第一次远离父母，背井离乡，孤身一人在外过年，心中快快的，但有战友在，相信这次的春节会别有一番风味。

除夕这天，全团的每个营、连，都忙着为年夜饭做准备。说是准备，其实很简单，就是以连为单位组织写对联、出谜语、开晚会、包饺子，营造吉祥喜庆的氛围，好让战友们在一起欢欢喜喜、热热闹闹过大年。

我所在的连也不例外。在吃早餐的时候，指导员对晚上的整个活动又做了一次部署，并要求对所有演出节目再进行最后一次彩排。

许是年到了，太阳暖洋洋的，天气出奇的好，明明是冬季，却似乎能感到丝丝春意。营区披上节日的盛装，无论你走到哪个连，哪个排，甚至是哪个班，处处都喜气盈动，洋溢着欢歌笑语。大家忙着打扫卫生、换对联、糊灯笼、拉彩条、挂谜语，说的、唱的……全连上下都雀跃了，倘若你置身于营区内如画的风景里，静静地站上一会儿，便会不自觉地沉醉，心中也会瞬间激发出那种熟悉的温存与幸福感。

过年吃饺子，是中华民族的传统习俗。下午三点，我们班跟其他班一样，所有人都聚集到饭堂，而干部和几位军嫂他们早已等候在这里。整个大厅人潮涌动，热闹非凡。放眼望去，每张桌子上都摆了事先洗好的切板、菜刀、和面盆、擀皮杖以及调好料的白菜猪肉馅，而用于制作饺皮的面粉，就放在饭堂的中间。可以说万事俱备，只欠东风。

　　包饺子是个集体项目，需要的是团结与协作，体现的是一家人的温暖与亲昵。在班长简单的分工后，各负其责。老兵们会包饺子的人数多，几乎人人都能露一手。他们包揽了从和面、擀皮儿到上馅的流水作业，但新兵当中会包饺子的人却很少。不知所措的我们，显得有些尴尬，就在为难之际，站在一旁"观战"的一位军嫂看穿了我们的心事，笑嘻嘻地向我们走来。她是我们连副连长的爱人，是位地道的山东人，据老兵讲，她包饺子的技术绝对一流，十分麻利，果不其然！真让我们大开眼界了。她在边操作的同时，还能耐心、仔细、不厌其烦地教着我们。我们也偶尔包上几个，只是包出的饺子形状各异，大小不一。用军嫂那句形象的话，叫做"从爷爷辈儿到孙子辈儿都到齐了"，一句话，虽然把大家都逗笑了，但我却在想，连队组织干部、军嫂和我们新老兵一起包饺子，可谓用心良苦，其实包饺子不在于好看赖看、包多包少，只在于过程，大家来自五湖四海，可以边包饺子，边唠家常，边讲家乡趣闻，边哼家乡小调，从拘谨到放开，敞开心扉，畅所欲言，到最后使大家其乐融融。一年积累的话语，带给大家许多感慨和遐思，使人获得一种舒展、熨帖的心境，致使大家陶醉于这一真爱与暖情的过往之中，在过程中收获了开心和快乐，让大家有家的滋味，这就是集体活动的意义所在。

　　其实，家就是一首多味的诗，只有你用心去品尝、用心去体味、用心去"细嚼"，才能阅出其中独特、非凡而又幸福的趣味。

　　天黑了，食堂里熙熙攘攘，喧闹不休，欢闹的气息一扫冬日的严寒，仿佛点燃了黑夜，周遭分外暖和。

会餐的时间到了，每张桌子上都一样地放着鱼、肉、鸡蛋和平时难以一见的菜品，这些菜品汇集了新老兵的见识，是各自家乡的特色菜，也是他们的拿手菜。连长的一番话后，新兵与老兵，战士与干部，干部与军嫂，战士与军嫂，欢聚一堂，以水代酒，举杯祝福，共庆佳节。

晚上八点，联欢会便拉开了序幕。

最让人紧张而又有趣的活动是对联比赛。参加对联比赛，除了班与班、排与排之间的挑战外，还有兵与兵之间的对抗，而这个"兵"是一个混合体，没有新、老兵与干部之分，不过军属不能参与。活动虽然还没有正式开始，但整个室内每个人的征服欲都被激发出来了，智慧与战术的对垒跃跃欲试，酣战让人窒息。

一班、炊事班、一排、二排……班班排排都抢先登场，挥笔泼墨，而淡然自若的班、排胸有成竹，回答流畅自如，准确无误，双方的实力几乎是针尖对麦芒，不相上下。这会儿，兵与兵的对峙又开战了。在我们连素有"秀才"之称的二排二班老班长抢先一步，研墨提笔："武艺精良，威震边疆寒敌胆。"真是秀才遇到兵——有理说不清。上台应答竟然是一名新兵，挥笔写下："军歌响亮，胸怀故土暖民心。"对联一开场就技压四方。兴致勃勃的我，觉得有意思，好戏还在后头呢！在一旁观战的老兵——连副指导员，他坐不住了，上前一步，亮相了。只见他紧闭眉头，挽起衣袖，提笔蘸墨："民间疾苦，笔底波澜；哀愁托离骚，生而独开诗赋立。"对联一出，全场掌声雷动。紧接着，只见连队文书不慌不忙、略带微笑上了场，一气呵成，挥笔写道："世上疮痍，诗中圣哲；孤忠报楚国，余风波及汉湘人。"对联刚落笔，全厅响起一声"哇"，沸腾了，因为在这两组对联中，其中一组是郭沫若对唐代大诗人杜甫的赞颂；而另一组则是屈原一篇抒情长诗《离骚》中的两句，全书共370余句，2400多字。如果你缺少对古诗、词、文的通读与研究，要想对上，确实是件难事。全场再次报以热烈的掌声。一时间，个人的比赛也同样不分伯仲，难分秋色。此时，名次已不重要了。

随着活动的有序推进，四周的墙壁上，用细绳挂满了一幅幅大红对联，与其说幅幅对联是比赛的结果，倒不如说是兵者之间喜迎佳节的一条互动纽带，让人在亲身接触与感受后，更深刻地理解什么是军人价值，什么叫军人的友情、亲情与手足之情！

扑面而来的生活气息，是连队出演节目的独有特色。对联比赛刚刚结束，活动室内的笑声、歌声又是跌宕起伏，高潮更是一浪接着一浪，一浪高过一浪。一排一班的相声《我是一个兵》，以生动、风趣的语言和"土得掉渣"的表演，反映了连队报话员、卫生员、炊事员生活中的点滴趣事，或夸张、或俏皮、或幽默的表演风格，引得一阵阵地捧腹大笑。二班那首耳熟能详的歌曲《人民军队忠于党》，是肖民的代表作，其节奏鲜明，铿锵有力，它唱出了当代中国军人的心声、精神与境界，为"保卫祖国作栋梁"。二排一班的那首独唱《好男儿来当兵》一出场，便引来了官兵、军嫂们的一片叫好声，特别是伴舞的那几个战友踏着欢乐的节奏，巧妙地将队列训练、体能训练、轻武器射击的动作揉进音乐的节奏中，虽说动作有些生硬，不太优美与飘逸，但对他们而言，已经了不得了。

最出人意料的当属是连部官兵"高超"的表演才能。音乐剧片段《白毛女》的演员们一出场，便博得了热烈的掌声，战士们和所扮演对象的神态、说话及走路的样式，与电影里出现过的形象几乎如出一辙，特别是通信员扮演的杨白劳、副连长爱人扮演的喜儿以及二排排长扮演的黄世仁，惟妙惟肖，显示出高超的演技。这也让我看到了杨白老在困顿中的豁达，在艰苦中的坚韧，在逆境中的乐观，是杨白劳在贫穷艰辛的生活里得到的音符。

晚会在音乐老师——指导员爱人独奏曲《绣金匾》中落下了帷幕。

虽说这军营中的除夕之夜，没有家人推杯换盏的热闹，也没有年夜饭那么多丰盛的味道，更没有"砰、砰、砰……"的鞭炮声，但却能把一个传统的团圆节过得有声有色、有滋有味，让大家忘却了思家之苦，思亲之痛，这就是一代又一代军人以营区为家，以战友为亲人，以"一家不圆万家圆"为奋斗目标的生动写照。

爱在细处，暖在实处。部队的年味儿，就是别样的浓！

## 南京的绿色

南京于我而言，对她再了解不过了。因为在二十世纪的七十年代末，我以一名军人的身份曾就职于此，与她热情相拥长达十多年之久。由于工作的关系，我一直都生活在这座城市里，自然对她就更加熟悉，更加亲近，也就更有感情了。

南京又称金陵！有着两千四百年的历史，中国六个朝代曾在此建都。晋代的"桃叶渡"、东吴的"石头城"、明朝的"城墙"、浆声灯影里的"秦淮河"、太平军的"天王府"、中华民国的"建筑群"等等，给南京留下了星罗棋布的名胜古迹，都无不与绵延的历史有着割不断的牵扯，无不与历史人物有着千丝万缕的联系，从而展示了中华民族的智慧和灿烂文化。

然而，有着深厚文化底蕴的六朝古都，自从她迈入二十一世纪后，特别近十年来，南京的建设，可以说是突飞猛进，那一片连着一片的楼宇，用自己的靓丽雕塑了城市的艺术群像；那一条接一条的道路，用自己的敞亮构筑了城市的跳动血脉；那一排又一排的"法桐"，用自己的绿色装点了城市的环境壮美……南京，以其快速的发展成为长三角地区名副其实的大都市。可我却感到，南京市最具特色、最具价值和最具魅力的并不是拔地而起的楼房，并不是绕城的高架桥，也并不是光彩夺目的亮化，而是这个城市的绿色，应该说，绿色才是六朝古城南京最令人心动的一道风采。

绿色，是大自然中最基本、最原初的色彩，是一切颜色中最为生动、最为可爱的颜色！绿色代表着坚强，蕴藏着力量，意味着希望，它总是在熏染着、启迪着、暗示着一种东西，从一株株小草、一棵棵树叶的绿色里，让人们看见其浩瀚生命的海洋。古往今来，人们都把绿色比喻成生命，或把生命比喻成绿色，历朝历代都不乏赞美绿色的诗篇。

城市需要绿色，特别是城市越大越需要绿色。因为绿色能使天空清澈，能使空气清新，能使城市添色。同时绿色也能让人安静、让人养神与沉醉。它是现在生态城市的精神与灵魂。因此，人们都希望绿色，都呼唤绿色，也都钟爱绿色。

南京的绿色别具一格。

从中山门经解放路到新街口，从珠江路经鸡鸣寺到鼓楼，从火车站经中山路到"莫愁湖"，再沿中山东路出中山门到中山陵……条条林荫大道、绿色走廊，尤其是那"高寿"的梧桐树，犹如一个个绿色方队，用自己粗壮而又繁茂油绿的枝叶支撑着这片天空，护守着这座古城。

这对于常年身居闹市的人们来说，真是一种奢侈的享受。浓浓的绿色渗透在每一个南京人的血脉里，所以每一个南京人都为有这绿色而感到骄傲，感到自豪和幸福。

说到梧桐树，得让历史时针拨回到二十世纪二十年代的中期。

传说，1925年，孙中山先生在北京逝世，根据其生前的遗愿，死后将他安葬于南京的钟山（又名紫金山）。1928年，为迎接孙中山先生奉安大典，南京市政府辟建了中山大道（以下关码头为起点，经中山北路、中山路、中山东路到中山门道路的统称）和陵园路，并在两旁栽种行道树。1929 年，孙中山先生的灵柩从北京火车站运抵浦口车站（今南京北站），下车后渡江上岸的下关码头，改名中山码头，进城后途径的第一条街道，叫中山北路，过的一座桥叫中山桥，到鼓楼后途径的第二条街道叫中山路，穿过新街口后拐弯，途径的第三条路叫中山东路，然后过了一座桥，叫逸仙桥，出城的东城门，改名中山门，一直到陵园路，路两旁栽的全是法国梧桐，除上海法租界工部局赠送的 1500 株，其余均为宋庆龄以一块大洋每株购得，共数千株。仅陵园路就种植了 1007 株，每株高 3.4 米左右，株距为 6.6 米。其余栽植在江苏路和长江路等处，成为南京最早的一批行道树。主干道路幅 40 米，其中绿化带宽 5—10 米，占路幅的 20%—25%。

一转眼，新中国成立后，政府又新修了长江路、山西路、太平南路、中华路等次干道，陆续栽上了不少的法国梧桐树。到二十世纪六十年代，南京城内的法国梧桐树增加到 20 万棵。

经过二十多年的日日夜夜、风风雨雨，长成高大而又茂盛的梧桐，洋洋洒洒的从街头到结尾，拐个弯，却又出现在下一条街道上。青翠而浓密的叶，硕大而壮实的根，相交呼应的枝，两旁的梧桐奋力向上伸展着，顶端合拢，形成拱廊，交汇于街道上空。绿叶攀爬而上，尽情地生长。可谓是"气势磅礴，大树盈城"！

就这样，上百年来，在时光的洗礼中，在岁月的光影里，道路两旁的梧桐仍旧屹立在几经破坏但却又得以保存的民国建筑之中，静默看着这座市城的生与死，悲与喜，苦与乐……梧桐树啊！你不仅经历了民国凄厉风雨和天翻地覆慨而慷的历史巨变，更见证了南京这个曾经的六朝古都的近代百年沧桑，早已成为南京人生活不可分割的一部分。

所以，这梧桐树在南京人的心目中，位子可见一斑。因为梧桐树不仅叶子呈绿色，厚厚的，一层盖着一层，每片叶子都闪着淡淡的亮光，似乎让人觉得每片叶子都有一个新的生命在颤动，而且树干笔直，还有一颗谦虚的心，不管把它栽到哪里，它都能撑起一片蓝天，护卫一片土地，长出一棵栋梁，奉献一生绿意。

春天，梧桐树抽出了嫩绿的小叶，将整个路道都笼罩在朦胧的绿雾中，人们经过这里，仿佛置身于绿色的海洋之中，享受着春天的绿意。

夏天，梧桐树伸展着茂密的枝叶，为人们遮荫，调节气温，走在那光斑点点的树荫下，觉得格外有趣、凉爽、惬意。

秋天，梧桐树上结满了带刺儿的梧桐果，像一个个桂圆垂直而下，那棕色的小果在金黄色叶子的衬托下，好看极了。

冬天，梧桐树枝头挂满了白雪，犹如一朵朵盛开的梨花，点缀着这银装素裹城市的一角，使人感受到一种童话般洁白、神奇的美。

春、夏、秋、冬，它都无不演绎着一种宏伟，一种澎湃而唯美，带着些法国人的艺术瑰丽，从遥远的西方来到长江口岸，来到美丽而又古老的南京城。借着这一条绿色的带子，在这里扎根发芽，仿佛是上帝的有意安排，让人们在这座古老的城市里欣赏到多瑙河畔的奇珍植物。

除此而外，不同色调的颜色也别样风采。

在南京，无论你是走上大街，还是迈入小巷，映入眼帘的全是满目绿色：一排排杨柳、松树绿荫装点的马路，一块块地毯草茸铺盖的广场，一片片花木争艳的园林和庭院……那无边无际的深绿色、浅绿色、嫩绿色、暗绿色；闪亮的、浓荫的、鲜嫩的、暗淡的……绿在这里集合，仿佛这里就是一面飘扬的绿色旗帜；绿在这儿汇集，仿佛这儿成了人人瞩目的绿的"联合国"。形成了"绿色和庭院深深的民国建筑交相辉映的视觉效果"，难怪在1700多年前的东吴，就有着"官柳千株，行人暑不张盖"的文字记载！

南京人正因为如此，拥有了这片绿色，便拥有了生活的滋味，便拥有了饱满的情怀，便拥有了乐观的信念和向上的斗志与值得珍惜、值得回味的朝朝暮暮的每一个日子。在每一个黎明，在每一个黄昏，行人的脚步丈量着树中小径的清幽，那轻轻的足音常常叩醒贪睡者那清甜的幽梦。

为此，在南京，无论是人还是车，无论是建筑还是路，都掩映在漫天的绿色之中，就好像一跤跌进了绿色的世界里。

据统计，全市林木覆盖率 26.4%，城区绿化覆盖率 45%，人均公共绿地面积 13.7 平方米。构成了完整的森林生态体系，在全国位居前三甲，是中国四大森林城市之一。

森林城市，城市中的森林，绵绵密密，郁郁葱葱，它们仿佛就是长江下游中部地区大地上树种的集合，高的矮的，大的小的，粗的细的，一阵风吹来，绿潮便开始涌动，涌动出一种波浪的形状，发出一种"沙啦啦"的欢声。绿色在一个惊喜的瞬间都变幻着姿容，仿佛要把自己生命的精彩全然展尽。

是啊！美丽的南京，就犹如镶嵌在长江口岸的一颗明珠。因为你，有了林木丛丛，绿荫如屏，到处都是令人愉悦的绿色。节假日，倘若一家人开着车来到这里，或坐在绿荫下，或躺在绿荫下，或走在绿荫下，那真是一种自由自在的享受，似乎空气中也跟着染上了绿色，成为生命的一种滋养和一种活性元素。

其实，这种滋养和活性元素，都是绿色的派生与集合，都是南京的绿色，都是生命的绿色，并且这种绿色更多的蕴含着南京人的勤劳、南京人的智慧与南京人的追求，同时也彰显了这座市城的生动与精彩。

一位诗人曾这样写道："走进自然，感觉那里的美好、神秘，在亘古的宁静中，聆听那明丽而深沉，悠远而逼近生命本质的自然之歌……"我很能体会他所说的幸福感。

朋友，你想提高生存价值、生命色彩和生活质量吗？那么就请你把身心融入绿色的天堂之中，尽情地享受和品味南京别样的灵动之美、自然之美……

## 那年，那些事

　　当时间的河道渐渐平淡，一些记忆便慢慢地离之而去。然而，那些温暖而明亮、清晰而感悟的记忆，无论时间过了多久，延伸多久，也总是挥之不去，也总是难以忘怀。

　　那年我还不满18岁，只身离家，怀着一颗对理想追求的心，远行来到了部队。

　　身处新兵连中的我，进行队列、队形训练已经有两个星期了。

　　新兵的队列、队形训练，练的是耐力，耗的是时间，换来的却是汗水与煎熬。一天操练下来，身体透支得厉害，连饭都不想吃，只想上床睡觉，好让疲倦的肢体得到恢复。只有在那时，躺在通铺上，睡在被窝里，才感到那颗心是暖洋洋的，行为是自由自在的，心绪也才会变得轻闲、平和。

　　其实，那也是释放压力的一种方法。让人从疲累走向轻松，从浮躁走向宁静，从烦恼走向快乐。

　　但不管怎样，训练有多么的苦与累，日子有多么难熬，训练的进程总是伴随着时间的流淌而前行。一晃又到了星期六。

当天下午，在班长的指挥之下，我们又来到了训练场。但大家一进场地后，人人的脸上都泛着点微微的红晕，那种紧张、恍惚的神态却明显一改往日，大家的情绪也犹如雨后天晴一样，变得高涨、活泼起来。因为大家知道，新兵连的生活，每天都是在训练中攀爬，在汗水里游荡。爬累了，游倦了，多么渴望和休息日来一个深情的拥抱，好静下心来调整自己的心情，放松一下自己劳碌的双脚。

按照新兵连的统一部署和安排，下午不再安排新的科目进行训练，只要将两周来所练的项目，整体拉练一遍即可。

由此，随着班长的一声口令，队列、队形的合练就拉开了。

大家的动作，规范、到位；军姿，威武、洒脱；声音，整齐、有力。特别是从队伍中发出的那种齐刷刷的脚步声，犹如军乐团击打的鼓点声，热烈而昂扬，铿锵而划一，仿佛连大地都震动了。其实，这种脚步声，就是每位军人所特有的一种情怀，一种信仰和一种血性。因为在部队，出操、训练、吃饭……甚至演习，每日每天都在步调一致的脚步声中行进。

不过，来得早点的冬日晚霞，却打断了我们的合练，练习也由此在天空的灰裙之下，拉上了帷幕。

队伍解散后，我摘下棉帽，用手擦了擦前额上的汗，便拿着帽子，就直奔营区的宿舍，为晚上班务会上的专题发言做准备去了。

专题发言的内容在上午的训练课上，班长就布置了题目"我为什么要穿这身军装？"主题明确，思路开阔，可从不同的角度分别进行阐述。当然，想要论述得准确、透彻，让人心服口服，不是件容易的事。想要让人佩服你，更是件难事。这对于一个曾经当过代课教师的我，似乎看到了自己有这种能力和水平，不敢说在全班稳获第一，但确保前三名是不成问题的。不过，眼下尤其重要的是要认真准备，找准切入点，选对论点，各个击破才是真功夫。

回到宿舍后，我赶紧将帽子摆好，腰带放好，在自己的床边坐下，利用晚饭前的一个小时，思考一下晚上的发言内容。

我不停地思考着，整个人都沉浸在苦思冥想之中，一会儿为脑中所整出的内容而感叹，认为观点新鲜、生动，有说服力；一会儿又摇摇头，心存疑虑，认为这条、那句文字表达缺乏深度。看似简单的问题，怎么会越想越复杂，越理越没有头绪呢！

时间随着我的思绪一分一秒流过。经过深思熟虑，我将答题的主要内容，一一地记载到日记本上。修改后，又默读了一遍，这才放心离去。

晚上的七点钟，一声哨子的长鸣划破了沉静的夜幕，新兵的班务会在灯火通明的长屋内开始了。

我们十二名新兵分成两排，抬头挺胸，目光平视，双臂成一定的角度轻放于大腿的上方成军人坐势，两两相对而坐。而班长面朝大家，坐立于两排队形的顶端。

班务会，是军队《内务条令》规定的基层行政例会，原则上每周召开一次，由班长主持，晚饭后进行，一般不超过一小时，主要是检查、总结一周的工作、训练或其他。

开好班务会，不仅可以提高战士的自我管理、自我教育能力，而且更能激发战士的主人翁意识，增强部队的向心力和凝聚力。用班长的话讲，很多"基层"对班务会都有形象的比喻，比如：是引领战士成长的"小课堂"；给战士做思想工作的"小门诊部"；相互激励的"小加油站"等等。可以说，战士们的成长、进步离不开班务会。

会议开始了，班长将本周来科目的训练、平时的生活等方面进行了小结与点评。对实际的总结有深度、有力度，个体的点评既留面子又指不足。整个回眸准确、到位，意义深远，让大家懂得了什么是国威、军威，源源于哪里等等。班长一阵讲评后，语速又渐渐地放慢了。

"正是由于军队这般钢铁的纪律、严格的训练与艰苦的磨炼，才使你们成熟得更快，对祖国爱得更深，对人生、对社会、对使命职责感悟得更多……"。班长的嗓门越来越高，但大家也听得非常认真，脸部的表情都跟随着班长言语的高低而起伏跌宕，一会儿面带微笑，点点头；一会儿又脸显深沉，摇摇头。处处感到"团结、紧张、严肃、活泼"的气息。

班长的说完了，接下来是各人的专题发言。

班长要求，每人的发言时间控制在五分钟以内，能脱稿讲的最好脱稿，发言时，要声情并茂，富有感染力。发言的顺利从班长左边的第一个人开始，依次按顺时针转动。而我坐的位子恰好正对着班长左边的那位同乡，因此不难算出，我是最后一个发言者。多巧啊！我暗暗自喜。因为我不仅能先听到别人怎么讲，而且还能从中吸取他人的长处，真是一举两得！大家各抒己见，我听着津津有味，的确有些观点非同一般。在听的同时，我也默默地补充和完善自己的发言内容。

大家一个接着一个，按着顺序发言。快到我了，我深深地吸了口气，呼了出去，又吸了口气……

"下面请吴晓明同志发言！"班长突然讲道，让我有些纳闷，在全班所有人发言的过程中，班长从未单独的直呼其名，也许……

时间不让我多想，于是，我迅速站了起来，以非立正姿势站着。

"一个刚刚走在十七岁、青春年少且多梦的我，因为向往，所以走进军营。因为喜欢，所以穿上这身绿色的军装。向往与喜欢，诠释的不仅是当代军人的价值，更是当代军人的一种荣誉。而这绿色，却又是充满生机的色彩，是充满希望的色彩，在平原，在山区，在大海，在蓝天，在祖国大江南北到处都有你的踪影。从我穿上这身绿军装的那天起，就明白了这身军装的责任与使命……"我用演讲的口气才开了个头，班长和战友们就给了掌声。

"当兵是一种自豪，穿上这身跃动的绿色，你便有了铮铮铁骨，一身浩然正气，方显英雄本色。当兵更有一种力量，能筑起绿色防线，经过风吹雨打，仍不改变自己的理想和信念，用忠诚和奉献，筑起一道坚不可摧的钢铁长城……"又是一阵拍手声。此时，我的心态是彻底放松了，声音也是越来越响亮，要表达的内容也是应有尽有，真的行如流水。

"战友们：你的付出，我的努力，就是一首无言的歌、一幅壮丽的画。当百花盛开的时候，写在大地上的和煦春风是军人；当清晨放飞白鸽的时候，写在曙光里的绿色橄榄枝是军人；当夜深人静的时候，写在人们睡梦中的甜蜜笑靥还是军人；当发生特大灾难的时候，写在抗灾前线的英雄赞歌还是军人……即使将来你、我告别了军营，但是，这样的经历，这样的感动，会是我们一生美好的回忆。战友们：让我们一同携手并肩，数年面对杳无人烟的大山，数年面对波涛翻滚的大海……从军报国，投身于火热的军营，为了国家的利益和安全，用我们的行动和事业谱写一曲奉献的乐章，光荣地履行好保卫祖国的神圣使命吧！谢谢！"我的整个发言结束了，一阵热烈的掌声，良久。我深深地感受到了这是对我认可的掌声，是对我祝贺的掌声，同时这掌声也是大家发自内心世界，对军队、对军人的一种敬畏与仰慕。

此时的我，眼睛却不免一热。为了感谢大家对我的鼓励，我毕恭毕敬给大家行了军礼，然后，微微的一笑，又坐到小板凳上。

专题发言就这样随着我演讲的终结而全部结束了。班长站了起来，作了简短的小结。一堂生动活泼、别具一格的班务会，在大家的共同努力之下，成功地圈上了句号。

第二天，我们的一切又恢复了正常，恢复了平静，所有活动依旧进行着。不过，有件事我至今都难以忘怀，那就是实弹射击，因为它是新兵连中我们训练的最后一个科目。

那天上午对射击科目进行了提枪——趴下——瞄准——击发等分解动作的多轮练习。下午就赴靶场进行实弹射击，实际上是对训练结果的一次检验与考核。

　　下午的两点，首次参加实弹射击的我，和全连新战友一样，着装整齐，背着钢枪，挺着胸膛，迈着坚毅的步伐，唱着军歌，辗转四十分钟后，来到了靶场。

　　靶场位于山谷之中，四边环山，叠峦起伏，脉脉相连。由于是冬季，朔风骤起，林木震撼，不时地发出一种呜呜的声响，那凛冽的寒风拂过脸颊是疼疼的。但是，那一望无际的高山密林，却仍然是松柏挺拔，青青翠翠。那山色，那绿色，那云色以及我们的到来，恰巧给这苍凉的冬日带来了生机与活力。

　　当我跨入靶场的那一刹那，首先映入眼帘的是一座悬崖峭壁的山，刚好靶位置前，侧壁挡弹尤为合适。而壁前竖着的靶位，同时可供二十人实弹射击。我们刚到不久，就听到连长高声喊道。

　　"大家都有了，立正，向右看齐，向前看！讲一下，请稍息！"

　　新兵连长在实弹射击前作了简短的动员，他的声音虽然洪亮、有力，但讲了些什么我却一句也没能听进去，因为此时此刻，我太紧张了，似乎感觉呼吸都困难了，脑子里是一片空白。就连握着步枪的两只手也在颤动。

　　"砰、砰、砰……"实弹射击开始了，一声声刺耳的枪声，回荡在浩瀚的山谷中，震耳欲聋，我的心仿佛在不断地被撕碎，那颗心都快跳出来似的。紧张过度的我，呆若木鸡地站在那里，一动不动，自己心里一直在嘀咕着，反复告诫自己，"不要紧张，不要紧张"，但心却总是在怦怦直跳。不过，还好，我被分在最后一组，每组由二十人组成。

　　此时，站在一旁的班长，或许是出于他带兵的多年经验，或许是他那火眼金星的眼睛，看出了我心思，便转过头来。

　　"第一次参加实弹射击的人都会有一点紧张、慌张，这很正常。"他轻轻地跟我讲道。

"你可以做一下深呼吸，别太急，慢慢放松。再说了，你平时训练又是那么认真。只要按照平时的练习去打，肯定能打好，出成绩。要相信自己，对自己要有信心！"他对我又一次安慰道。

我边听着，边点着头。

心情越是紧张的时候，时间越是喜欢跟你开玩笑，不经意，该到我们这组上场了。站在前面的排长在一个一个点着名字，当点到我的名字时，第一遍没听到，第二遍又没有听到，我仍然傻愣愣地站在那里。班长在一旁急得狠狠地推了我一把，我这才跟跟跄跄撞入了射击位置。

俗话说得好：开弓没有回头箭！上场后，我不知为啥？刚才紧张情绪还处于极致，而此时却一下子没了。剧烈跳动的心，也放慢了，趋于平和；胡思乱想的脑子，也开明了，变得清晰。好像在忽然间，我竟心定如冰，神清若水，顿时，脑海中那每步射击的要领，也都鲜活起来，仿佛感受到这次实弹射击的考核，就是一堂普普通通、平平常常的训练课。

我趴在射击土堆后面，不慌不忙，有条不紊，一切行为都在自己的掌握之中。按步骤要求，先装上子弹，再将枪托紧抵住自己的肩膀，调整好呼吸……准备就绪，眼下就等首长发号施令。

"打开保险，开始射击。"只听到连长的一声令下。

"啪、啪、啪……"，一号、二号、三号、四号、五号、八号、十二号……位置的枪声都响了，唯独还有我们后面的五个靶位没有击发。我仍然在耐心地瞄准着，当枪管由高位向低位移与靶心成三点一线的那一瞬间，我扣动了扳机，只听"砰"的一声，就这样打响了入伍以来的第一枪，打响了人生中的第一枪，也打响了印象难忘的第一枪。片刻后，司靶员报出了七环。

这七环，虽然看似成绩一般般，与高标准十环相比，还有不小的差距，但对一个刚刚参军不久，并且射击的训练还不到一周时间的我来讲，已经是很不起了。我不仅很满意，而且也满足了。

好的成效，必有好的心情；好的心情，必能大增信心。信心越增，越有，越强，越打越好。紧接着，一发、一发、又一发的从枪膛中不断地射出，居然最终十发子弹打出了八十二环的好成绩，其中有一发，我竟打了十环。结果名次在全新兵连的前二十名，我又笑了。

全连的射击也随着我们这组最后一颗子弹的发出而圆满地画上了句号。但这段经历，我不会忘记，这是平身又一个第一次，永远都会悬挂在人生的背景上，永远都会镌刻在岁月的丰碑上，让我读不完，享不尽……

## 绝笔

　　一晃，又到了黄叶飘飘的秋天，空气里已渐透冬的气息。1999 年的 10 月份，也正逢此节，我的母亲她病倒了，并且病情越来越恶化，最终因医治无效，两个月后，母亲悄悄地走了。

　　虽然十多年过去了，但她的身影和慈祥音容却仿若就在昨天，显得是那样的可亲、那样的慈爱、那样的清晰。

　　一直以来，不知有多少次提起手中这支写惯散文的笔，写下关于母亲的文章，但都放下了，还是不敢去碰触关于母亲的话题，并不是因为我母亲的一生太平凡了，无甚可记，而是母亲的一生所表现出的坚韧、善良、淳朴和勤劳的优秀品德，一直让我不敢回首。因为我太脆弱了，想起母亲就会想起了很多很多，我的泪水就会如雨水般的纷然滚落，我握笔的那只手就会像失去控制似的抖动着，整个人的情绪都处于极度悲伤之中，但今天不得不去面对这个现实，写一篇小文，以寄托自己的哀思。

　　1999 年冬天的 12 月 5 日，是我永远忘不了的日子，也是母亲在世的最后一天。我至今依然回忆所及。

那天深夜大约在十二点十分，我躺在陪护床上，虽然困倦已极，但怎么也无法入睡。就在此刻，只听到走廊上脚步声一声比一声响，而且是越来越靠近病房，"是不是护士又来喊了，母亲病危？"果不其然，母亲的病情严重了，出现肾脏衰竭。咯噔！我的心震颤了，觉得全身战栗，如冒严寒。我预感到母亲这次挺不过去了。

我的母亲得的是糖尿病，已有十多年的历史，特别是近几年，每年都要住上几次医院。而这次糖尿病的发作，却引发了一些致命的并发症，进而由一家县级医院转到南京市人民医院进行治疗。

记得那是 11 月 18 日下午五点钟左右，我们乘车来到了南京，住进了一家旅馆，准备第二天母亲入院。下榻后，我们简单地整理了一下床上用品，考虑到母亲旅途的疲劳，早早地就吃完晚饭，让母亲休息。然而，母亲今天心情似乎特别好，她那憔悴而又深沉的脸上，不时地露出微笑，这也许就是人们常说的"条件反射吧！"

刚刚躺下，母亲就入睡了。大约两个小时后，母亲又因糖尿病引发了心绞痛，总是辗转不寐，有时还发出疼痛的呻吟声。又忍半个小时，突然听到母亲长呻一声："哎哟，我心里疼得很，实在受不了！"她如同从浓梦中惊醒一般，朦朦胧胧地抬眼望着四周。那时母亲辗转呻吟，脸白气喘，我知道她的痛苦，已经到了难以忍受的程度。母亲也曾告诉过我，当她心痛的时候，解脱的最好办法不如死了。是啊！假如我是母亲，处于这种状况，我要痛哭，我要狂呼，我要诅咒一切。而我最敬爱的母亲对病中的种种并发症，仍是一样的接受，一样的温存。对自己的丈夫，没有怨言，对自己的儿女，没有一句性急的话语。这就是既坚强又可怜的母亲！

母亲的话音刚落，我们都急忙围拢过来，将母亲轻轻地扶起，让她坐到床边上。弟弟迅速上了床，跪在母亲的身后，用双手轻轻地敲着母亲的后背。父亲站了一会儿，便转过身去取回了药瓶，急忙倒了几片药，放到她的嘴里，药很快都吞下了。我的母亲现在看起来似乎又好多了，她紧闭双唇，垂目低头，仿佛又想睡了。此时，我们欣然松了口气。我的父亲后退两步颓然坐下，这是我平生第一次，洞见父亲的软弱，同时我已感觉到父亲的眼角慢慢地凝聚起一颗豆大的泪滴，只见他摘下眼镜，用手轻轻地擦去。这我能理解，毕竟眼前是他朝夕相处、同甘共苦几十年的妻子！随后我也静静地坐到母亲的床边上，紧紧地握着母亲的手，凝望着母亲似乎睡着的脸。她的那张脸已经被病魔折磨得没有一点生气了，消瘦苍白，只有那对眼皮还在不时地微微抖动。就这样，一直到夜里两点多钟，母亲才勉强闭上眼睛睡着了。这一夜真比十年还要长啊！

第二天吃完早饭，我们来到了南京市人民医院，母亲在第四病区住下。紧接着，先是护士对院况的介绍以及对病人的安慰；后是主治医师对病情的了解和治疗方案的设想；再是母亲奔波于楼上楼下做常规式检查。这样的节奏，已经把母亲折腾得筋疲力尽，她那两只腿似乎无法承受带病的身躯，每走一步腿子都不能打弯，像成了木头人似的，可母亲还是挺住了。紧张的一天总算度过了，母亲终于可以平静下来而接受治疗。

由于我公务在身，加上母亲的病情得到控制，再据医生的诊断，心痛的主要原因是由心脏上血管堵塞所引，至于采取药物治疗，还是手术"搭桥"，都需通过做"造影"的检查来进一步确诊。因此，我在医院只陪了母亲四天，于11月22日回到了海安。

我至今还记得，在回家的前一天，母亲要求我陪她一夜。这夜，我坐在病榻旁，母亲显得有些兴奋，她的话说得多，我大半是听着，虽然母亲的语音轻得似天边飘来，但仍能听清楚。母亲谈到了婚后与父亲的生活、一路走来的苦况，谈到了对儿女教育以及成长过程，最后便提到了她的病。

她说："我这病已有十多年了，特别是这几年来，觉得病情越来越重，让你们心力交瘁！我对你的爸爸、你、二小、晓玲、东惠、爱平，没有一毫的不满意。我只求我的病能快点治愈，再享两年的福。"母亲这种爱怜的话语，让我伤心得骨髓都要碎了！

我看了看手表，已是夜里十一点四十五分。母亲又讲道："儿子啊！其实，人总是要死的，就算这次把病看好了，它还是要复发的，妈真的陪不了你们多久了，以后你们兄妹仨要互相帮助、互相搀扶，特别是要照顾好你的爸爸，明白吗？"

母亲的一席话，一下子使我的情绪跌入谷底，眼泪如潮涌上。不过在母亲面前，我还是强忍住了！然而，我真没有想到，这竟是母亲在世与儿的最后一次长谈，最后一次聆听母亲的声音，最后一次让儿享受母爱，最后一次……

现在回想起，那时候母亲对于自己的病势，似乎还模糊，而我们已有一种不祥的预感，但未能想到病情会如此的突变！

回家后，还不到一周的时间，父亲就来电话，讲道："母亲的病情加重了，不行了，已转到重症病房，你们快过来吧！"我和我的爱人简单地收拾了一下，傍晚就赶到了医院。

母亲自从进了ICU，由最初的呼吸困难，到心衰，再到现在的肾衰，时间仅仅只有一周。

那是12月5日凌晨一点钟左右，我们全家人都来到了一间小会议室，等候着专家对母亲生与死的裁决。教授们说着、说着，当我听到最后一句话："我们已经尽力了！"整个室内的空气似乎瞬间都凝固了，感到窒息、无助。这个细节直到今天记起来，我依然胆战心寒。我的父亲眼神木然，全身僵硬，在那里呆坐着。而我们都处在悲哀、迷惘之中。母亲啊！对不起，我们真的没有用。

早晨大约五点多钟，我们准备将母亲带回老家。当我和我的父亲走近病床时，被那眼前的惨状惊呆了。母亲的脸变得惨白而又浮肿，嘴里、鼻里都插着多种输液管，纵横交错，放在旁边的那只呼吸机还在不停地响着。我差点哭出声来，赶紧转过身去，擦了擦眼角的泪水，然后轻轻地叫了声"妈"，母亲才半睁开眼，像是点了头似的。我的父亲连忙放下为她准备回家穿的内衣，强忍着心痛带着一丝微笑，弯下身来贴到母亲的耳边："凤英，我们还是回家治疗吧！"

母亲很快点了头。也许这点头，我母亲并不知道自己的生命已经再无法挽救，也许这点头，我母亲被痛苦折磨到了极致，她真想歇歇了！就在护士为她疏理管子的时候，我发现母亲的右手微微抬起，指着护士手上的笔，我明白了母亲的用意。于是，我立即把笔递了过来，母亲斜躺着身子，在白纸上歪歪扭扭写下六个字：饿了、放心、回家。放下笔后，母亲吃力地拉着我的手，紧握了几下，欲说而无声，千言万语，凝成两滴晶莹的泪珠，在她凹陷的眼眶中闪动……我看着母亲，不断地点点头，点点头。

母亲，您知道吧！我们娘儿俩的心是相通的，您的意思做儿的能理解，我要将这最后的绝笔留下！把它作为来世再相认的标记，让儿来报答您的养育之恩。

# 第三辑　乡土情怀

　　尽管乡土渺小而平凡，尽管乡土有些丑陋而没有光泽，却像珠宝一样的珍贵，人们会时常地摸一摸，拿出来看一看、闻一闻故乡的泥土，就会感悟到什么是生命的真谛，什么是力量的支点，就会从内心里发出深切的人生感喟。

## 乡土，永远在呼唤

"乡土"，这个词普通、平凡，却深邃灼心，高频率、快节奏、强力度地点击着我们的心灵。

那么"乡土"是什么呢？乡土是一个人生命的元素，是一个生命的"根"，是生养自己、哺育自己茁壮成长的地方。因此，每个人都有着对"根"和"元素"的热爱与眷恋。即使远离了那方乡土，那份情感也不会褪色和改变，一如远方的游子思念母亲那般魂牵梦绕，不能释怀。

说道乡土，我可谓情有独钟。大抵从五六岁开始，我便模模糊糊有了些许印迹。

记得奶奶给我讲了这样一个故事，虽然她没有进过学堂，"斗"大的字不识一个，无从知道先贤笔下的高言傥论，更谈不上读过源于西方文明的《圣经·创世纪》，可她却告诉我了"人是天帝用泥土造就出来的"，用现代的话讲就是"关于人类起源的传说"。

她讲道，人的形成是老天爷用毫不起眼的脚下泥巴，捏出一个个头有脚有胳膊有腿有心脏的人，排成一队队和一列列，每天对着他们的鼻孔吹气三次，吹上七七四十九天，这些小泥人就变成能呼吸、善讲话、会跑步的活人了。这些生命再经过历代繁衍，便形成了今天不同肤色、不同语言、不同民族的伟大人类。应该说，我对乡土情结的初期形成，并非来自于书本，而是自小由祖母灌输。

虽然现在想起，她那时所讲的这个故事，觉得有些夸张，甚至有点离奇、离谱，让人难以求证，但不管怎么说，关于人与泥土的传说，在古老的华夏民族中，版本就有多种，但所表达的意思几乎相同。

所以，在我看来，多也罢，少也好，一个不争的事实便是人与乡土的关系，就如同空气与人的关系、水与人的关系、阳光与人的关系一样密切。这让我想起了道家学派庄子的一句富于哲理的话："今夫百昌皆生于土而反于土"（《庄子·在宥》），意思是讲，当今万物都生长于泥土而又复归于泥土。可以断言，人类也好，动物也好，植物也好，世界上所有的生命与乡土与大自然是紧密融合在一起，都是因泥土而存在，都是靠泥土而延续生命。人来自于乡土，又回归于乡土；乡土是人生的起点，也是人的精神归宿。一首歌唱得好："树高千尺也忘不了根"。不忘根，才能懂得感恩，才能有赤子之心和心灵的感应。

我，生在农村，长在农村，自然是乡土一直陪伴着我，让我度过了童年、少年，直至 1978 年参军。可以说，我的整个青春时光都是在乡土的摔打中度过的。

我的家乡，位于苏中平原。早在 5000 年前就在这片滨江临海的地带，我们的先民刨榛辟莽，围猎稼穑，捞鱼摸虾，辛勤劳作，创造了璀璨的远古时代的中华文明，开掘了华夏文化的最初源流。春秋时期，吴王夫差继承王位后，在夫椒打败越兵，便乘胜追击成功地挺进了中原。意图称霸的他，在发繇口（今立发桥）与宋、卫、鲁臣君举行盟会，至今在故里传为佳话；开凿于汉代的上官运盐河（今通扬运河），它沟通江淮东部、连接江海平原，便有了"小市鱼盐一水通""吴盐甲天下"（史

书记载 ) 之美名，不仅如此，更有了日本高僧圆仁与遣唐使自掘港、赤岸 ( 今李堡 ) 经运盐河西行到扬州，进而有了中外文化交流史上的盛事 ( 圆仁日记《入唐求法巡礼行记》中记载 )；北宋年间，时任海陵郡州县县官的范仲淹，目睹滨海盐民、渔民在海潮漫涨之时，沿海一带庐舍漂没，田灶毁坏，家破人亡，终于在公元 1028 年初春历时 4 载，建成了 71公里的捍海堰。从此就有了 "来洪水不得伤害盐业，挡潮水不伤害庄稼" 的民谣，而 "范公堤" 的美名也载入史册，百世流芳；到了抗日时期，粟裕将军领导的仅有三万多人的华中野战军，居然战胜了装备精良的国民党军 12 万人，取得了苏中七战七捷的胜利，创造了军事史上 "以弱胜强、以少胜多" 最为罕见的战役范例……

说到人杰，在这片乡土上，正如陈毅将军诗以赞之："海陵胜地多人杰"，走出了一批又一批杰出人物。

有政声载道、造福一方、清廉名世的官员徐耀；有寒窗苦读、执法公正、慧眼识才的学政陆舜；有晚清名臣、抗日楷模韩国钧；还有父子进士仲鹤庆、仲振履，红学家仲振奎、蒋和森，数学家杨冰，语言文字学家魏建功，历史学家韩国磐，书法家仲贞子……直至今日鲁迅文学奖获得者夏坚勇和中国科学院院士周臣虎。这许许多多的人杰与奇迹，当然是 "振兴" 中华民族的组成部分。而人杰与奇迹的诞生，自然缘于这片乡土。

这就是乡土的魅力！一方水土养一方人。也正如一位哲人所说的那样："人实际上不过是一棵会移动的树，他的激动、欲望，都是这片泥土给予的。"

其实，说穿了乡土也是一种乳汁、一种营养，她的每一个元素、每一种原色都会融入你的生活血脉。因此，乡土，不仅造就了乡音，培植了乡情，更带来了不尽的乡思。尤其在游子的心中，乡土不仅仅是一种沉甸甸的存在，有一份真诚的神圣，而且更是一种永远的精神家园。正因为如此，不少人出门在外，甚至到了异国他乡，也要随身带上一包家乡的泥土。尽管这泥土渺小而平凡，尽管这泥土有些丑陋而没有光泽，却像珠宝一样的珍贵，人们会时常地摸一摸，拿出来看一看、闻一闻故乡的泥土，就会感悟到什么是生命的真谛，什么是力量的支点，就会从内心里发出深切的人生感喟。

的确如此。就有这么一件事，让我至今都记忆犹新。

那是在二十世纪的七十年代，我应征入伍。就在我即将启程的前天晚上，我心痛而不能寐，于是，我一跃而起，便从田野中挖出一块乡土放进了自己的口袋中。由此，这把乡土便陪伴我走进了部队，走进了军营，后来我考上了大学，这把乡土又陪伴我度过了学生时代。大学毕业后，这把乡土仍然伴随着我。就是这样一伴、一陪，长达 11 年之久，可就在这 11 年的光阴中，看似平平常常、平平淡淡的这把泥土，却让我获得了智慧，获得了力量，获得了进步。因为每当我参训超负荷时，每当我遇到难题束手无策时，还是研究课题受阻时……我都会拿出那把土看一看、捏一捏、闻一闻。我顿时就会精神倍增、信心十足，一切困难和问题就会迎刃而解。

可如今，我转业回到了海安。尽管世界上有许多比乡土更加美妙、更加怡人、更加令人向往，但唯有乡土是"我的"，是不能选择、改变和替代的，而且对乡土的那种爱如同对母亲的爱一样，衷情不渝。

就在我转业回来的第二天，我特意回了趟老家，当时正值秋收秋种时节。在那曾经熟悉的地方，一股泥土特有的气味吸引着我，使我倍感亲切。于是，我蹲下身来，捧起了一把土，放到鼻子底下不停地闻着，动情地闻着。

是啊，没有错，这就是我童年时，常常闻到的那种味道，我就是在这泥土的芳香中长大的。那犁开的泥土黑油油的，她那芳香的味道正随着秋风飘散。在乡土面前，我回味着，陶醉着，感动着……

泥土啊！平凡是你的外表，朴实是你的秉性，博大是你的胸怀，高贵是你的气质，而奉献则是你的灵魂……

在过去的几十年中，有多少个假日，多少个夜晚，多少个梦里，我的目光，我的心弦，我的思念，我的牵挂，曾穿越时空，专注专情地投向那个生我养我的地方。于是，我面前曾出现过乡土上的那条小河，那座小桥，那一座座土屋，那一块块农田，还有那在家时朝夕相处的父老乡亲……尽管我在外漂流过，但也只是故乡放出去的一个风筝；尽管我到过许多地方，但他的"出生地"却是唯一的；尽管每天钢筋混凝土封闭着我的躯体，但乡土的气息总在我的心头飘散。那些与乡土亲近的日子和往事，便成了我记忆中最为生动、最为活跃的篇章。

乡土就是乡情。因为乡情是一种永不褪色的记忆，是一种永不断裂的情愫，是一种"树对根的思念"，是一种"绿叶对根的情意"。

走近乡土就是走近本色。因为世界上最朴素的形象是土地的形象，朴素本色的美才是自然的美、纯洁美和真实的美。

亲吻乡土就是亲吻自然。因为大自然是人类丰富的物质资源，也是人类美丽的精神家园。自然界中的一山一水、一草一木，会使你得到富有创意的人生，会使你找到源源不绝的生活之泉……

由此可见，乡土，就是一个人精神世界的核心，就是人们一生一世的情结。不管你在何时处于何处，乡土总会因你而痴情，因你而执著，因你而呼唤，让每一个人都能始终如一而又忠诚地守望于她。

"为什么我的眼里常含泪水，因为我对这土地爱得深沉。"我仿佛又听见诗人艾青在深情地吟唱着。

# 青瓦房

人的一生中，会留下许多难以忘怀的记忆。不过于我而言，那趟首次探亲之行好像永远都是清晰的，它总是停留在我的心灵深处闪动着生命力的悠悠颤音。

二十世纪的七十年代，我入伍到部队才 8 个多月，就获得了回家休假的机会，至今我都历历在目。

那天，一大早，我背上行囊告别了军营，来到了南京长途客运站。汽车在一声鸣笛声中，轮子有节奏的由慢到快，从站内驶出。我放下手中的行李，便在自己的座位上坐了下来，而跟随着车轮的疾驰，走上了回家的路途。

我坐在座位上，靠着椅背，望着不够明亮的窗外，不时地有近处的灯光和远处的楼房灯光闪过……渐渐的，东方露出鱼肚白，几颗星星在晴朗的天空中慢慢不见了。那灰白色的天空中泛起了粉红色的霞光，而且颜色越来越浓，由橘黄色变成淡红色，又由淡红色变成粉色，一会儿红彤彤，一会儿金灿灿，还有半紫黄的颜色，还有些说也说不出，见也没见过的色彩，真是五彩缤纷！面对这美景，面对这次回家，虽然我兴奋得几乎一夜没有合眼，但却不知疲倦，不感困乏。相反的，那颗心儿早已飞向了生我、养我，让我想念、让我眷顾和魂牵梦萦的家乡，苏中平原的那个小村。特别是曾经和我朝夕相处的那幢青瓦房，我对它有一种无法割舍的情感……

提起那幢青瓦房，它凝聚着长辈太多的汗水与智慧，是父母亲省吃俭用，用双手筑起的幸福花园，也是我高中毕业后，共度艰难人生的第一站，更是伴随我梦飞的起源地。尽管我如今离开了它，但我却依旧固执地想念着它。

我不是当地人，老家在如东农村，就在高中毕业的前一年，我们一家人的户口才被迁移到父亲工作的所在地。本应接着建房、安家，可是，因家里的经济状况不好，一时无力支撑这笔不小的开支。因此，父母迫于无奈，建房之事必须向后顺延，就这样被搁浅了。于是，我毕业后，只能暂住于别人的家中。

时隔半年，到了1977年的春天，在父亲精心准备与策划之下，建房计划终于如愿实施。

开工的那天，热闹非常，人来人往。有瓦工、木工、电工；有帮助挑砖、运水泥的，搬木头的……那笑语声、号子声、电动声交集成一曲喜气洋洋的圆舞曲，悠扬、动听！处处洋溢着一派忙碌而又欢快的景象。

如此的场景，与当地人的风俗习惯有关。

据说，一直以来，不管遇到谁家建房，还是哪家盖猪舍、挖粪池或其他什么，全队人都会群策群力，鼎力相助，每户至少出一个劳力，分批过来帮忙，当下手、做小工。当然，也不需要给当事人报酬，只要把吃的问题解决了就行。

按照双方的口头协议，建房工期只需要二十天左右的时间，便能完成从打房基、砌墙、盖顶，到室内外的简单装修。一幢四间半的小瓦平房终于竖了起来，我也由此告别了寄人篱下的生活，有了自己真正的家！

有个细节，我至今都清楚地记得……

就在房子收工的当天下午，我的父母亲用了一天的时间，把屋中、屋前、屋后的建筑垃圾全部利索地处置完毕。此时的二老已是汗流浃背，挥汗如雨，整个人的脸庞都是黑乎乎、脏兮兮的，剩下的只有那对眼皮还在不停地眨着。他们俩的那种姿势、动作与神态，让人一看，就觉得他们累得不行了，那两条大腿似乎支撑不住人的整个身躯。按常理，他们俩应该休息一会儿，毕竟忙了近一个月，太累了。可还是那句老话说得好：人逢喜事精神爽。两人一忙完手上的活，便又马不停蹄地把每间房光顾了一遍，然后他们俩又绕着新屋的四周来回走了几趟。边走着，边说着，边笑着，有时笑得都合不拢口。这也是我有生以来，第一次洞见他们二老有如此的亢奋心情。因为：

这是他们用心血和汗水写就的作品，每一粒文字和标点，都是父母最感人的诗行！

这是他们用风雨和阳光绘就的画册，每一页青砖与瓦片，都是父母最美丽的画面！

在新房落成后的第三天，父亲为了美化、点缀这幢青瓦房，从花卉苗木市场上，买来了多种具有观赏价值的小树苗和花木。我的父亲他不仅是个文人，而且还是个基层的领导干部，脑子灵活、好用，做事认真、细致、到位。他把买来的小苗分门别类地摆到要栽插的地方，然后再一个、一个的挖坑、施肥、放苗、填土、浇水。当把最后三棵小树植种在后院的两旁时，我的父亲好像突然想起了什么似的，连忙放下手中的工具，把我们兄妹仨招呼到一起。片刻后，只见他伸出右手，用手指着前方。

"这三棵小树呀，是我刚刚栽下的，就好比你们三人。往后呢，就看谁长得快，长得好，长得高，最后长成材……"父亲这段回味无穷的话音，就像一首隽永的小诗，深藏在我的心底，足以用一生来品尝。

就在太阳与地平线在西方一颤再一颤地亲吻着的时候，忙了一天的父亲，准备收工。他直起腰来，抹了抹额头上的汗，拍了拍身上的尘土。就在那一瞬间，我的父亲在夕照下，让我第一次捕捉到并发现那张有棱有角的脸竟变得越来越苍老，头顶上头发也逐渐稀拉了。不知为什么？我心里突然一阵心酸，有一种难过的感觉，真的……也许就是在这个傍晚，我才第一次读懂了一个真正的男人，不光要有父爱，更重要的是肩上的那种责任，因为这种责任是永久的、不变的，更是沉甸甸的。

就这样，我的父母为了儿女，为了我们兄妹仁，用完了所有的辛苦钱，建起了这幢房，换来了我们一家的尊严和平安。他们的心也算是落了拍、定了根。

从那以后。

因为有了家，时刻才感到温馨；

因为有了房，才能到达彼岸；

因为有了灯，黑夜才不会茫然……

两年中，彼此为伴的青瓦房却留住了我的故事。不管是刮风下雨，还是严寒酷暑，我都耕耘在那片土地上，日出而作，日落而息；每每吃完晚饭，那灯光下留下的身影一定是我，是知识照亮了我的心路，让我看到了将来的希望……当然故事里，也印满了父亲母亲慈祥的目光，也印满了父亲母亲殷切希望。

同时，青瓦房也留住了我的梦想，那梦想就如万花筒一样的美丽，像三叶草一样在心里面疯长，而且总是像老天爷的脸色一样不断地变化着。我梦想着将来当个医生，当个作家，当个科学家，当然，也梦想过将来当个技术工人或当兵入伍，保家卫国……梦如云朵般的轻盈，彩虹般的绚丽，星光般的灿烂，单纯而神秘，奇美而高远。但就在去年，我实现了当兵之梦。

走的那天，那一幕就像发生在昨天似的。

12 月 24 号，是我出征前往部队的日子，我收拾完行李后，便出门来到和我一起共同度过时光的那幢青瓦房前，走走停停、停停走走，足足有二十分钟，那两只脚就像被磁铁吸引住似的，总是迈不开、走不出，不愿离开那幢青瓦房。其实我明白，那是人生的一种感情境界——留恋与不舍，也是人们生活的一种真谛与归属。毕竟这幢青瓦房给了我自由自在和安逸舒适的生存空间。

是啊！当我离开家乡，当我背着草绿色的行装，当我离开父爱母爱筑就爱巢时，蓦然回首，青瓦房便成为我人生永久的一个影像。不过，此时的这幢青瓦房远不是物体的概念、每晚歇息的场所，则更多的它蕴含着一种力量，而这种力量是伟大的，是一种不能用公式去分析，不能用逻辑去推理，甚至不能用道理去诠释的一种特殊的情感。这种力量激励着我坦然自若地克服困难，激励着我无所畏惧地战胜厄运，激励着我坚强地走好人生的每一步。

因此，在远行的几个月中，许多往事都已成为过眼烟云，有的尘封，有的锈蚀，有的忘记，但这幢青瓦房始终是我心中一组最美的音符，一幅最美的图画，它沉静地横在我记忆的长河和无边无际的岁月之中，恍如一个恒久的人生场景，荡起我不尽的悠悠乡思，悠悠乡恋。多少次梦里，我梦到了那幢青瓦房，看到了我家房子的屋檐，冬天时结满冰凌，夏天时蓄满天水，那一缸缸、一坛坛清纯如镜的水被看作是乡下人家穷日子里的不灭火种……

就在突然间，一声刹车让我如梦初醒，车站到了，近八个小时的疲惫行程也终于结束了，离开 8 个月之久的海安，我又回来了。

下了车，随着人流走出车站。我放下手中的行李，只见等待在出口处的家人，我的弟弟和我的妹妹在不停地向我招着手，嘴里还在喊着……于是，我坐上了弟弟的自行车，沿着宽广的砂石路，向着还有十五公里路程的那个圆点，我的家乡驶去。

## 感叹青墩

四月的苏中平原，万物复兴，春意盎然，到哪儿都是"画中行"。

中旬的那天，我们从县城出发，头顶着茫茫的春雨，行在犹如一条绿得清纯，绿得庄严，绿得宽广，绿得澎湃的隧道中，在红的、黄的、白的……一层又一层桃花、梨花、油菜花的注目下，来到了心仪已久的青墩遗址。

或许是雨水充足的缘故，或许是阳光和煦的缘故，那沾满晶莹剔透露珠的绿草、花木，那绽放在枝头的各色花朵，显得格外的茂盛，格外的葱茏，格外的娇艳，格外的瞩目，这飘扬着的五彩缤纷的"旗帜"，更给这座青墩遗址增添了壮丽迷人的色彩。

青墩遗址，并非响亮有名，但她不同凡响，足以震撼心灵。因为她曾在5000年前，在浩瀚的荒原滩涂地，刨榛辟莽，辛勤劳作，创造了璀璨的远古时代的中华文明，开掘了华夏文化的最初源流。

青墩，位于海安县西北水乡的青墩庄。四面环水，水网密布，河道纵横，水色深邃，白帆点点，绿树掩映，花草萦绕。她犹如熟睡的孩子娇憨、纯洁静躺在一片河网港汊的怀中。而那蜿蜒的河流，却如同母亲的乳汁，滋养着沿河的百姓。因此，谓之水乡，名副其实。

这里虽然没有高山，也没有森林，但处处却有一番别致的风景和让人感叹的奇境……

一条条或长或短、或宽或窄的河流如野藤一样，在这里结成一张巨大的水网——连片群河，碧波荡漾，处处可听澄清的流水，处处可闻到甜甜的水味，处处可见到捕鱼的渔舟。

近观，河床的两旁，忽如一夜春风来时，老柳树悄悄地绽出了新芽，垂下绦绦的柳枝，亲吻着潺潺的流水；各种野花在一场春雨过后，猛然间开得一片灿烂，恰似彩蝶飞舞，分外娇娆，分外好看，分外芬芳，它们用生命的火焰映红了天空。那特有的微风起处，枝枝傲立、昂首云天、绿得深沉的芦苇，如海浪翻滚，叠叠重重，仿佛在荡漾的每一个惊奇的瞬间都变幻着舞姿，美丽、素洁、高雅；那扬起的碧波，风拂卷起苇浪的碰撞之声仿佛是波浪拍岸的潮汐声响，悠扬、嘹亮、动听！毫无保留把自己生命的精彩全然尽展。

远望，也许你还在凝神中，一位窈窕水乡姑娘穿越于如同溪云浮生、云蒸雾绕的纱帐之中，唱着《拔根芦柴花》的小调，慢悠悠地从芦苇丛中撑出一叶扁舟。竹篙点水，轻舟如箭，美目流盼，巧笑倩兮。不远的岸上，一个小伙子，含情脉脉，在春风里痴痴地张望着。一抹红霞飞上少女的脸颊，一串银铃般的笑声荡漾在波光粼粼中，荡出一阵阵涟漪，洒落出他们一阵阵羞涩、含蓄，一阵阵热情奔放……惬意在芦苇的怀抱中，打开了他们的心结，解开了他们心中的秘密。

啊！青墩，这绚丽而又奇特的天景、气景、水景！似乎在向人们诠释为什么在这里，这个地方叫里下河，叫青墩……

然而，恰在今天：

天，带着些许的云朵，深蓝蓝的；

地，带着些许的腾雾，轻柔柔的；

风，带着些许的水汽，湿漉漉的；

水，带着些许的浪花，凉冰冰的！

　　让我忽然感悟到，只有在这青墩，才能真正感受到什么叫做水乡，什么叫做里下河，什么叫做"鸬鹚在云中游，鸟儿在水中飞"，什么叫做惊奇与神秘。

　　千年沧桑，沧桑千年，青墩就像一个古稀的老人，遥远得难以想象，通过历史幽深的断层，5000年乎？6000年乎？谁能掀起她古老而又奇幻的"盖头"？

　　6000年前，那是一个亘古的时代。一条源远流长、波澜壮阔的母亲河，令人虔敬的长江，聚百川千壑之涓流，成白浪一脉之阔水，驾两岸天地之长风，呈浩荡汹涌之声势，穿峡谷，越山川……一路湍行，腾跋奔涉的江水挟带着大量的泥沙来到入海口，扑进黄海。水速的减缓，泥沙的沉积。年久日深，在上万年的激情涤荡与温柔绞缠中，冲刷出长江入口北岸的一颗耀眼的大陆新点——沙州（岗地），它们俩终于友好地合龙了。

　　久而久之，随着土地面积的不断扩张，海平面的持续上升，一个适合人类的居住区——青墩，孕育而成，由此诞生！这不能不说是大自然的又一次创举，这不能不说是大自然的又一次恩赐，这不能不说是大自然的又一次发酵。造物有情、天公垂德！

　　青墩原本是一片无人居住的沼泽地带（也称里下河洼地）。

　　通过资料的查阅，使我知晓，我们的祖先——第一代青墩古人，从长江的中上游和中原地区，背井离乡，不知辛劳，领着家人，缓慢而执着地前行着、迁徙着，来到了辽阔的黄海滩涂——那片广袤的绿洲。

114

这里是绿的海洋，这里是水的天空。绿洲的壮观、奇异、深奥，令人目不暇接：那茂密的森林，丰饶的沼泽，肥沃的土地，灵动的碧水，成群出没的大象、麋鹿；风的潇洒，水的柔情，草的活力，林的幽深；一束阳光，一缕清风，一朵白云，一片绿荫，一声鸟鸣……大自然的点点滴滴，丝丝缕缕，似乎给他们以生命的呼唤，以生命的存活，示意这是生命朝思暮想的人间，是最好的安身之地，是你们欢乐愉悦的源泉。于是，他们心动了，而留了下来，成为青墩人。

由此，留下来的青墩人，他们凭着一身的力气，用上古拓荒的智慧、经验，用不倦的劳作和辛勤的汗水，开荒造田，种地打粮。在征服中获得生存，在生存中获得快乐，终究有了属于自己的一方土地，有了可以立足栖身的新家园，而驻足生息繁衍，过着自给自足的农耕日子。

无疑，大自然创造了青墩！是你从江海交织的浴盆里，捧出了这瑰丽的明珠。也无疑，先民们亲手开辟了青墩！才有了这赖以生存的新家园。

那么作为青墩人，一直滋润的生活在这片土地上，不断生存与发展，秘密又在哪里呢？

聪明的古人在洼地上，运用就地取材的技巧，设计出结构合理、实用，既能应对沼泽、洪荒、海浸，又能防范毒蛇、野兽的侵扰；上层既可住人、防潮散热，下层又能圈养家畜的栖身之所——"干栏式"房屋建筑。在苍茫的天穹下，那独特的造型犹如鸟巢似的辉煌宫殿，系国内首次发现。

走进博物馆，那精心磨制的一把把石铲、石锄、石锛、骨镞、骨镖、骨刀，还有那件出土的殉葬品——带柄穿孔陶斧，被称中华第一斧。不难让人想象，青墩人为了开辟这片沉睡的土地，曾经付出多少艰辛的劳动：从给旷无人烟的土地织锦铺绣，到从狗尾草、香蒲草中拣选出优良的稻麦……怎能不令人肃然生敬，感念万分！

在陈列室里，最让人惊叹的是那些制作工巧，造型特别，匠心独运，风格突出，古拙别致，选材精细的玉器、陶器，无一不闪烁着邃古文明的灿烂光华。

摆放在陈列柜中的麋鹿角，那角枝上，残存的"八卦"符号、记事的雏形文字（划痕）和观察天象记载星云的"锥点"，可依稀辨认，这是青墩人对自然观测的原始记录，也是"祭神拜祖、祈福消灾"的数卦祀器。无怪乎这沉睡地下数千年的奇字，在中外易学界引起极大轰动，被不少史学家视为"东方易学始祖（或易学发源地）""中国天文学发源地""中国远古雏形文字的发源地"……这些惊世遗存，神秘莫测的"易卦起源的初始符号"，与其说"人更三圣，世立三古"——伏羲、周文王、孔子开启了"与自然现象密切相关卦"的华夏文化之源头，道不如说这一不寻常的发现催生了文化之繁荣，为华夏文明——文化之神《易经》奠定了根基。

青墩！你不仅是一个奇妙的地方，更是一个神奇的地方。她的神奇在于看似平常却深蕴天地造化玄机的独特地貌形态、人类居住环境所需求的安居条件，达到了惊人的契合；她的神奇在于看似平常却深藏着一件件斑驳累累的文物和一行行鲜活的文字，让众多学者惊喜；她的神奇在于看似平常却蕴含着永恒的创举，创造出一个个第一，形成最早或最初的源源。

这就不能不让我感到：大自然在创造这片神奇土地时，一定是接受了人类的特定指令，否则，太古的青墩地形就不会恰像一只伏在沼泽地里的凤凰。"头"向大海，高昂于长空中，"尾"达长江，直锁江口，也就不会直至今日还演绎出关于凤凰的各种各样的传说……

为此，今天的踏入，不仅让人感受到了大自然的构思，创造这片神奇土地的广布机心与深蕴的妙旨；也让人感念青墩古人的发现，开辟这片神奇土地的伟大与光荣；更让人感叹青墩人的拥有，栖身于这片神奇土地的幸运与骄傲。

青墩文化的传承，古老文明的演绎，江海大地上青墩人闪耀着先民浸骨的那种筚路蓝缕、自强不息的精神。我又真实地目睹到现代青墩人勇立潮头，大胆改革，积极探索，创造前无古人的伟业；我又切实地领略到现代青墩人"海纳百川，创新争先"的那种旷达超远、吞纳大海的"豪放"之势……使这颗屹立在苏中平原上的璀璨明珠——青墩！别具一格，别样风采。

此时此刻，站在青墩遗址亭台中的我，当青墩自然天成的纷纭物象在一泓澄清流水声的衬托中，静静地出现在你视野里、眼帘中，我的心底也随之会由衷地进出一句赞语：

　　　　天地有壮美而不言，
　　　　青墩不言有壮美！

我们在青墩遗址虽然只停留了近两个小时，但大家都有一种不愿离去的心绪，走出好远，还都仰慕地回望，回望这奥秘的墩，这古朴的墩，这崇高的墩，这心生感动的墩，这融入了华夏大地远古文明的墩。

再见了，青墩——这座5000多年前新石器时代的文化遗址，最初点然文明之光的天然的宫殿！

也许是内心深处那种难以收敛，难以释放的情怀在涌动，在飞腾，在感叹。走出青墩，我对这片古老而神奇的土地，油然起敬，敬畏那天之蓝、水之绿……

# 舞动冬天的绿

赤橙黄绿青蓝紫……

世界上有着"万花筒"般的颜色。这些颜色不仅把自然界装扮得绚丽多姿，也把人的心灵点染得绚丽多姿。

不过，在众多的色彩中，我唯独偏爱绿色。这并不是因为我曾经是一位军人，选择了军营，才喜欢绿色；也并不是因为我穿上了军装，才懂得了绿色的含义。因为绿色是大自然的本色，是一种永恒的颜色，所以，这如梦如幻的绿色从小便飘进了我的心灵深处，成为我人生的"基础色"，成为我生命的"主色调"，同时也定格了我整个人生"最佳色彩"的选择。

至于色彩，如果把它放到大自然中去，用四季来对它命名的话，人们一般来会把春天说成红色，夏天说成绿色，秋天说成黄色或金色，冬天说成白色。这样的说法，强调的是每个季节的主色调。红色，大约指的是春来时盛开的花朵。绿色，当然是指夏季里铺天盖地浓郁得化不开的绿。黄色，是用来描绘稻谷成熟的颜色，秋天当仁不让。而冬天主要是雪当家，当大雪覆盖一切时，把冬天说成白色的冬天，也是有道理的。

那么，在这幅员辽阔的华夏大地上，有没有绿色的冬呢？

回答是有的，是肯定的，并且会有不少人不假思索脱口而出，这冬天的绿，不仅海南、云南有，广东、浙江也有啊！然而，我要说的却是我的家乡，地处我国东部沿海中央的苏中平原。它位居江苏省长江与淮河之间（属江淮平原的一部分），为高亢的自然沙堤沙滩地，也为里下河洼的水源地。其气候，四季分明。

既然四季分明，那冬天的绿色又来自哪里？当然，不是那一株株小草、一棵棵树木，也不是那一片片叶子，而是来自平原大面积播种的冬小麦。

苏中平原是我国小麦的主产区之一。我的家乡在江苏省中南部，位于南通、盐城、泰州三大市交界处。我们那里一年主要种两季粮食，夏季种水稻，秋季是小麦。水稻收获之后，农民们几乎不给土地以喘气的机会，把土地稍加整理，很快就种上了小麦。站在田边上放眼望去，东边是麦地，西边是麦地，南边是麦地，北边也是麦地，一望无际的大平原，到处都是麦地。尤其令人惊叹的是，无所不在的麦绿与你紧紧相随，任你左冲右突，怎么也摆脱不了绿色的包围和抬举，整个人就好像一跤跌进了绿色的世界里。

面对满眼的绿色，似乎在恍惚间，我的想象却飞向了遥远的年代。早在一万年前，也就是那个穴居时代，祖先用他们的智慧和创新叩响了紧锁沧桑演变的大门，让小麦伴随着人类征服自然的脚步，走过最初的艰难岁月，终于出现在人们的饭桌上和食谱里，直至今日仍然是世人赖以生存的主粮之一。

我，当过农民，种过小麦，对小麦的生长过程是熟悉的。小麦播种后要不了几天，刚刚钻出来的嫩芽细细的，呈鹅黄色，如一根根直立的麦芒。麦芽锋芒初试的表现是枪挑露珠，若在此时，你早上到麦地里去看一看，就会发现，每一根麦芽的顶端都高挑着一颗露珠。露珠是晶莹的，硕大的，似乎随时会轰然坠地。但有些麦芽犹如枪刺一样，把露珠穿得牢牢的，只许露珠在上面跳舞，不许它掉下来。露珠的集体表演使整个麦田变得白汪汪的，似乎是静态的，宛如凝固的湖泊，宛如静远的云带。

可是，麦芽过不了多久，便轻舒身腰，伸展开来，由麦芽变成了麦苗，也由鹅黄变成了绿色。初绿的麦苗并没有马上铺满整个麦田，一垄垄笔直的麦苗恰如画在大地上的绿色格线，格线与格线之间留下一些空格，也就是浅黑色的土地。这时节还没有入冬，还是十月小阳春的天气。麦苗像是抓紧时机，根往深处扎，叶往宽里长，很快就把空格写满了。麦苗的书写只有一种颜色，那就是绿，横看竖看都是绿，绿得连天接地，一塌糊涂。我不想用绿色的地毯形容家乡麦苗的绿，因为地毯没有根，不接地气。而麦苗的根源很深，与大地的呼吸息息相通。我也不想用草原的绿形容麦苗的绿，草原的绿掺杂有一些别的东西，绿得良莠不齐。而大面积麦苗的绿，是彻头彻尾的绿，清纯的绿，绿得连一点儿杂色都没有。从麦苗一片片的绿色里，分明看见了浩瀚的生命的海洋。

不仅如此，麦苗还有一个最大的特点，那就是它能够抵抗严寒，霜刀雪剑都奈何它不得。

霜降之后，挂在麦苗上的不再是露珠，却变成了霜花。霜花凝固在麦叶上，像是给麦苗搽了粉，或如为麦苗戴了冰花。粉是颗粒状，搽得不太均匀。冰花的花样很多，有的是六瓣，有的是八角，把麦苗装扮得冰清玉洁。太阳一出来，阳光一照，白色的霜花就会很快消失，麦苗又恢复了碧绿的面貌，而一如既往地昂首挺胸点着头迎接远方的客人。

存了心思，就得慢慢看。通过观察，自然让人生疑、纳闷，麦苗外表看似柔弱，似乎是弱不禁风，应该不是寒霜的对手呀。但在现实中，它的生命力极强，寒霜的袭击与出手不但不能使麦苗变蔫，麦苗反而意气风发，显得更有精神，特别是身上的颜色和站立的姿势都不会因此而褪色与改变。

当然，还远远不止这些，真正构成威胁的，或者说对麦苗形成持久考验的却是冬天的雪。大雪扑扑闪闪地下来了，劈头盖脸地向满地的麦苗扑去。积雪盖住了麦苗的脚面，掩到了麦苗的脖子，接着把麦苗的头顶也埋住了。这时绿色看不见了，无边的绿被无垠的白所取代。麦苗怎么办？面对压顶的大雪，麦苗并不感到压抑，它们互相挽起了手臂，仿佛在欢呼：下吧下吧，好暖和，好舒服！积雪不可能把麦苗覆盖得那么严实，在雪地的边缘，会透露出丝丝绿意，如白玉中的翠。事实与麦苗的感受是一样的，大雪不但构不成对麦苗的威胁，反而使麦苗得到恩惠，每一场雪化之后，麦苗都会绿得更加深沉，更加厚实。别看麦苗小小的个头，摇身一变，从上到下、从枝到叶，却能出奇的整齐划一，整出一种神韵，一种壮美，的确让我感到"天地与我同在，万物与我并生"的美好境界。

我每次回到农村，都会沿着田间小路，到麦田里去走一走。绿色扑面而来，仿佛连空气都变成了绿色，整个身心一下子便融入到了那片绿色之中。大概人的生命与绿色有着某种天然的联系，我看绿色的麦苗，老是看不够，瞧不完。我照了一些照片，有远景，有特写，有站着，有坐着，甚至还有躺着的，整个画面都是感天动地的绿。

其实，这冬天的绿是用绿的魅力、绿的情怀和绿的永恒舞动合成的，给人一种冬去春来的乐观信念和生生不息的奋斗精神！

# 追忆

　　一个人的一生当中，常能唤起美好的回忆，莫过于你曾经用艰辛的脚步去跋涉、去攀登，使希望、梦想抵达可能，或在成长的路上，有影响，能帮助的亲身体验的大事。今天，那段农村的生活却成了我永久的记忆。

　　我于 1976 年 6 月从一所乡办农村中学高中毕业，回到了农村，投入到"农业学大寨"的浪潮中。

　　提起干农活，我还真是个行家里手。从小学三年级起，不管是星期天，还是寒暑假都主动去队里参加劳动。什么起秧、栽秧、割稻子、割麦子、搞脱粒……几乎每种农活我都干过，甚至有些活儿做得既有速度，又有质量，在同龄人中称得上是个佼佼者，相比之下，所拿到的"工分"自然而然也比别人多。

　　那何谓"工分"？它是"农业学大寨"时代的产物，简单讲，它是一种获取报酬的形式。是依据某一农活劳动强度的大小，安排不同的劳动力来完成，从而计算出一个劳动力出工（劳动）一天的工作量，故"一天的工作量"记载为多少"工分"，这就是农民常挂在嘴边上的"我出工一天拿了8分工"，意思是说，他今天出勤得到了"8分工"的报酬。

提到"工分"就必然要将话题转到"旗杆"上，因为它也是"生产队、大集体"时期的新生事物。所以，"旗杆"在那个特定的年代，于每位农民而言，对它再熟悉不过了。

我所在的生产队，有近一百户住家，加起来也有好几百人。每天从早上、上午、下午，乃至晚上，生产队长都要安排农活，让社员出工。这些琐事如何去抓？怎样管好这群人？显得尤为重要，否则将会一盘散沙。在那个年代，不像现在有先进的通信设备，随叫随到，一呼百应。所以，当时的"旗杆升旗"，便成了全省、全县，乃至全国清一色地指挥农民出勤干活的有效手段。虽然表面上看似一根指挥棒，有些原始，但在当时它有力地凝聚了农民的劳动之心，稳固着一方人，一定意义上讲，也推动了农村经济的发展，因此，不能不谈，也不能不提，它是有功者，功不可没。

记得上工的那天是早晨吧。我站在门前，仰望着离家不远处的那根高而又直的旗杆，看看红旗是否升到杆子的四分之三处。

大约过了一会儿，那红旗迎着初升的太阳，在晨风中掀起层层的波浪，冉冉地升到杆子的四分之三处。此时无声胜有声，它已经告诉你了，想出勤的人可以携带劳动工具，动身往前田间。至于旗子怎么时间升到顶，是有规定和要求的。但不管你是否远离，还是近靠农田，当你到达时，旗子也几乎同时升至顶端。迟到者，是要扣工分的，一般扣去1—2分。

说来也巧！那天队里安排的农活是割麦子，让我第一天出工的人就碰上了。割麦子在所有的农活当中，是一年内最为集中、最为劳累的农活之一。

割麦子耍的是镰刀，练的是耐心，是个不折不扣的体力活。在割的时候，腰身要朝麦穗深深地弯下去，右腿后撤，左手揽住麦秆，右手抡着镰刀，用力均衡，屁股与腰一起左右晃动，紧贴地皮，割下一把麦子，蹲步前移或半腰挪动。下田后，我们不到半天的功夫，金黄的麦子，便在镰刀下，一把、一把、又一把。荡漾的麦穗，一丛丛，倒了下来，且整齐划一地躺在地上，安详地享受着太阳的照射。而那些刚刚露出的细小野草、纤弱野花，见了风，见了阳光，却招招摇摇，像在向我们点头致谢似的。

随着割麦声的不断流逝，我不停地挥舞着磨得雪亮的镰刀，从右往左划出道道弧线，一个劲地往前赶。开始时，我觉得浑身有充足的力量，像出膛的炮弹，猛烈地释放着，割麦的速度总是处于第一方阵。但好景不长，深感自己的身体像似有点招架不住了，脸红气喘，汗流浃背，灿烂的阳光把我裹得越来越紧，口干舌燥。可是，我心里很明清，这毕竟是我第一次参加劳动，而且又是高强度的农活，总得有个适应期。为此，出于体力方面的考虑，我还是放慢了收割的速度，跟随着他们一起前行。

傍晚时分，终于收工了。我站了起来，抹了抹额头上的汗，拍了拍腰部，便拿着镰刀，迈出像灌了铅一样沉重的双腿，艰难地一步一步回到了家，真是好累啊！

我，从上小学二年级起就有个好习惯——欢喜写日记，当然不是每天都写，只要认为有价值，值得以后回忆，或自己有感悟的事，都会记录或畅想几句。今天的日记我是这样写的：

1976 年 6 月 12 日　星期六　晴

我，一个处于没有升学压力年代的回乡青年，当走在充满辛劳而又洒满汗水的路上时，我有一种茫然感。而今天，我面对满含笑泪的日子，溶化于大自然（割麦）中，与你零距离进行灵魂的沟通、交流，领略人生的酸甜苦辣。虽然我心中明白，这条路不知何时是个头，走起来，人不仅辛苦，而且有可能一辈子走到底，但不管怎样，至少目前，我不会因劳累而中途退却，且轻易放弃。这种难以言传的感受，在今天让我深深地领略到了。

——第一天感言（回乡）

我经受住了考验，半月的时光终于度过了，从而带着喜悦、带着收获、带着感叹一路走来。

忙完"麦场"——抢收后，接下来就要忙"稻场"——抢种，农民称之为"双抢"。

那"抢种"又是何意？其实，它是相对季节而言。水稻属亚热带的被子植物，它的生育必须处于夏季的高温期。温度越高，生长越快，长势越好，秋收时产量也就越高，农民分得的口粮也就越多。加上我们地处苏中平原，东临大海，南望长江，人们的饮食习惯以大米为主。如果错过了最佳栽插时机，其结果不堪设想，轻的减收成，重的导致颗粒无收，随之而来的却是农民的口粮和来年的温饱问题，由此可见"机不可失，时不再来"是何等的重要。

随着抢收农忙的结束，新一轮抢种又开始了……

7月的一天，当夜空中的星星还在不停地眨着眼睛时，我已经披着月光，踩着晶莹剔透的露水，呼吸着浓郁的土香风，手提小木凳，脚穿靴子，腋下夹着稻草，来到了田间耕作：起（拔）秧。起秧时，拇指和食指要同时按进泥里，捏着秧苗的茈慢而轻地拽起来，不能把秧苗拔断。秧苗离土后，放到左手中，再继续，周而复始，等左手中的秧苗握满了，将手上移，拽住秧苗的上端，在水里上下摆动几下，白净的根须就露出了。然后用稻草捆扎一下，甩在身后，对秧苗的起拔就算完成了。由于劳动力密集，人手多，几亩田的秧苗，在大家的操作之下，很快变身为一小把、一把把，站立于田间。

吃过早饭，我们一行近百人，浩浩荡荡地来到了插秧现场。眼前的这片水田，已让犁耙打磨过，关水不深不浅，泥、水活鲜。远看！犹如大海，汪洋一片、白水茫茫。在炎热的阳光下，静静地平躺在大地上，像似等待着人们去开发、去作画、去点缀秧绿。

今天，能上阵的劳力都来了。强壮的汉子已把一担担露着白色根须的秧苗挑到田间，稀稀拉拉抛在水田中，准备工作一切就绪。

紧接着，我们将带来的绳子，依次按八十公分的间距拉开，等两端的绳头固定后，便可沿着绳子进行栽插。只见大家戴着草帽，卷着裤脚，低着头，弯着腰，左手握住秧苗，右手插着秧，边栽边退，一气呵成，那动作轻盈得如同蜻蜓点水一般，只听见一阵阵清脆的入水声。

但更有趣的是，栽秧时，一般是从左往右。这个时候，右腿在后面，一边栽，双脚还得交叉后退，随着手的动作，头也跟着不停地点动，这就如同向大地不停地鞠躬，其寓意在祈祷上天保佑，求老天眷顾我们保平安，保秋后有个好收成。就这样，六棵一趟，横竖成行。插完后，接着再来……飞溅的水花在田间继续飞扬。转眼间，一块块空荡荡的水田换上了崭新绿装，生机盎然。我们看着一天的劳动赢来的景色，坐在田头一边捶打着腰，一边洗着脚，笑了！那笑声在田野间飘荡开来……

一眨眼，又过去半个月，"抢种"也在不知不觉中谢幕了。如今想起，让我既心动又留恋：好手栽秧，好比艺术家作画，给人一种醉心的享受。可惜这份美妙太过于短暂，仿佛就在一个瞬间，那种迷人的感觉便消失了。

由此，日复一日，年复一年，在艰苦的岁月里，我度过了每一天。晒黑了皮肤，磨炼了筋骨，闻惯了泥土的清香，习惯了农村的生活。

转眼间，一切都走远了。可我，乡居两年半后，还是挥着泪水告别了生产队，告别了同劳动和与此朝夕相处的父老乡亲们，重新开启了我人生路的又一步。但不管怎样，这段经历也好，过程也罢，都是一笔宝贵的财富，永远悬挂在人生的背景上，珍藏在脑中，荡漾在心中……

# 流连韩公馆

　　油菜花开得正灿烂，微风和煦，阳光温润地抚触着小瓦青砖墙，古老的石板街经了荏苒时光的反复触摸，变得如此宁静而安详。就在春日的一个上午，我走进了这条有着三百多年历史的石板街，如同走近一位岁月老人，让人不敢聒噪与喧哗。

　　我静静地走着，沿着古镇街道，穿行在光滑如鉴的麻石路上，两旁具有清朝的建筑风格的古民居，不仅错落有致，而且更具寂寞与淡定。如果你仔细地打量，就会惊喜地发现，那房梁、门匾上雕刻的山水花草精致地绽放，一如几百前的模样。

　　其实，我不知道这里曾经有着怎样的惊心动魄抑或沧海桑田，历史早已湮灭在时光的暗河里。而我，却怀着一颗执着的心，静静地去感受这里的古朴与深邃，以及海安的种种神奇。

　　向前走上几百米，一幢晚清风格的建筑群尽收眼底。

　　她建于 1906 年，整体故居沿着一根南北向中轴线左右伸展，形成由南向北四进式的住宅群落。这样的设计，不仅体现了"家居园林化"的特点，又传承了儒家礼法"天人合一"的思想，更体现了主人不尚虚华、讲求实用以及耐人清新的文化品味。她就是闻名遐迩的韩国钧故居，人们称为"韩公馆"。

韩国钧，字紫石，号止叟。他出身于一个破落的家庭，所以他深知底层百姓生活之苦；他 8 岁时亡父，11 岁丧母，所以他懂得无亲人的痛苦；他憎恨那些不为百姓做主的贪官污吏，所以他立志考取功名，做一个真正为百姓做事的好官。于是，他在孤寒中刻苦攻读，即使"除夕元旦亦日试一艺不辍"，期望通过科举应试，入仕能为百姓做事。

在这条路上，他走得好艰难。他用心堪多，他用力甚勤，他如饥似渴，终于，在 1874 年，他初应童子试，1877 年，应省岁试，在他 22 岁时，应江南乡试中举人。但其后 10 多年间，他从 24 岁到 33 岁，曾 4 次赴京会试，却不料屡次科举均以落第而告终。

然而，随着年龄的增长、阅历加深的他，并没有因此而放弃，反而使他与那些年少得志者相比，没有了轻狂和不知天高地厚，多出了经过岁月磨砺之后的沉稳与淡定，更多出了对人生的深刻洞察和思考。所以，1889 年，年仅 32 岁的韩国钧依例应大挑，得一等，而应入河南吴树芬学使幕，便从此开始了官场生涯。

在入职后的三年间，他随同考察，历经河南 96 个县，行程达 6 千余里，所到之处，均细致了解山川、道路、人情、风俗与地方利弊等。并撰写《随轺日记》一卷。

性格决定命运，这话真的不假。

从 1894 年起，韩国钧便正式就任南阳府镇平县知事，直至 1900 年，他先后任过开封府祥符县、怀庆府武陟县、归德府永城县和卫辉府浚县的知事。任职七年，他明镜高悬，清廉自持，被民间颂呼"韩一堂""韩青天"；他为官一任，造福一方，"吏当其才，则数十万人皆有所依"；他面对黄、沁两河天险，翻土盖沙复田，试种谷麦……这七年，他每到一处，都走村串户，访贫问苦，治理水患，审案缉匪，赢得很好的声誉，得到了地方最高行政长官的褒奖，也充分展现他忠君守职、练达勤明的能臣本色。

由于他勤于政事，关注民生，每司一职，均有建树，所以他的仕途之路也变得一片光明。1902年他奉命去了河北省矿务局任总办兼交涉局会办，其后，又陆续担任了陆军参谋处兼调查局总办、奉天交涉局兼开埠局局长、农工商副局长、广东督练所参议兼兵备总办……吉林民政司、江苏民政长、安徽巡按使、江苏省长兼督军等官职。

虽然在人们眼里看似他在官场上春风得意、顺风顺水，但有些事情并没有你想象得那么简单。

那个年代，似乎天灾人祸总是与百姓如影相随，三天两天遭灾荒、遭鼠疫等，那是常事，他必须去处理。且不说这些，就在韩国钧刚上任河北省矿务局总办兼交涉局会办，却碰到了一件很棘手的事：英国福公司购买土地修筑运矿道清铁路。

史料记载，英国福公司为了在购买土地时少花钱，派了一名工程师柯瑞私下允诺以每亩0.5元钱，合计4万元的回扣费企图拉拢、贿赂韩国钧，结果都被他当面予以痛斥。但此事并非完结，由于种种原因，交涉、谈判居然长达三年之久，但在韩国钧坚持自己主张，不肯屈服和据理力争之下，最终击败了福公司，取得了胜利。因其"办事出力""交涉得体"，被奉旨嘉奖……类似此事，举不胜举。但不管怎样，有一条却是不争则明，如果你再次品读这些史书或韩国钧自传时，会在瞬间豁然开朗，明白他寓意于事的良苦用心。

直到1925年初，韩国钧辞官退隐故里，从此，便以读书编纂、兴学校、修水利、办实业、居乡问政为生。在抗日战争爆发后，他又坚决拥护国共合作，积极调处新四军与国民党韩德勤顽军之间的矛盾，支持新四军东进抗战，为新四军开辟苏中抗日根据地作出了重要贡献。

综观他的一生，从晚清能臣到北洋政府的封疆大吏，从国民政府的地方名绅到抗战时期的抗战楷模，经历了旧民主主义革命和新民主主义革命两个不同的历史阶段，不愧是一个具有传奇色彩的历史人物。

的确如此！这也让我想起了陈毅所讲的那段话："吾国历史上，反抗外族之侵略，屡见不鲜。其中仁人志士，断头丧身以殉者，先后踵接。于宋有文、陆、张、郑诸贤，于明有史、左、顾、黄诸贤。紫老之殉国，其诸贤异代之化身欤？宋、明亡而不复，复则须在数世之后。今兹抗战，日蹴胜利之途。紫老之志，为酬不远。此紫老际遇，差胜昔贤，而后死者所当奋斗不息者也。"（《忆韩紫石先生》）是啊，今天在这里，在此时，我重温这段话，可想而知心中的感悟是何等的深刻……

我终于缓过神来，如愿地踏进了韩国钧的故居。据讲，这座故居当年旧址重建时，韩国钧先生50岁，官至河北省矿务局总办。虽然至今她已跨过了一百多年的历史，但在沧桑之中却透露出神闲气定的坦荡。

向前迈上几步，撞进目光的便是气派庄严的临街门楼。只要你抬头一看，就不难发现，在门楼上，饰有"天官赐福""麻姑祝寿""鹿鸣梧桐"等九幅镂空砖雕。虽然这些都是根据民间传说雕刻而成，但在人们的视线里，却显得格外的漂逸、活灵活现、栩栩如生。因为它们都表达了一个共同的愿望，希望天下的百姓一生平安、多福、多财、多寿！由此看来，这些工艺精湛、构图巧妙的浮雕图案不仅为韩公馆增添了几分历史气息，几分文化内涵，更增添了几分人文光辉！

顺着雕有"暗八仙"和"狮子戏球"图案的石鼓，跨越门槛便可进入故居的门厅。

整个门厅呈正方形，砖木结构，古香古色，雅致堂皇，处处显示着主人的铮铮傲骨和浪漫情怀。地面水磨石图案历经百年，仍无损、保留原状，凸显着中华民族文化的深厚。四面角落上，嵌成的四只蝙蝠与如意图案，预示着人们美满幸福（蝠与福同音）、吉祥如意。尤其是中间的

130

那个"瓶中插戟"图，更为引人注目，因为戟是古代兵器，为避邪之物，同时在这里其寓意为主人官运亨通，平升三级。据资料记载，韩国钧先生从1894年河南七品知县做到后来安徽巡按使四品大员，确实是平升了三级。可以想象，当年设计者需要一种怎样的旷古智慧！

继续前行，绕过照壁，便到了二门。

二门坐向朝东，代表着太阳从东边升起，旭日东升，象征活力朝气，寓意紫气东来，恰如其分地概括了这座故居独特的景貌和独特的魂魄。

在典雅的门楼上，饰有"状元及第""福禄寿喜"等镂空砖雕，人们称之为"户对"。但更有趣的是，中国人喜爱用"门当户对"这一组合词，在这儿就能找到答案。当你看到门两旁那对石鼓时，你就会不由自主地联想到那是"户对"的另一半"门当"，而事实上，石鼓也叫"门'档'"，所以，具有中国传统的这些吉祥图案，让人看了倍感温暖、喜庆和亲切，这不仅体现了中西文化的融合，也更体现了主人的那种脱俗清雅、庄重深沉的审美情趣。可见匠心之独到，令人叹为观止。

越过二门，经过照厅，便可到达正厅。

正厅就是主客厅，就是家庭举行重大礼仪活动和接待尊贵客人的场所。这里有韩先生在八十大寿时，国民党元老于右任、陈果夫、吴稚晖赠送的匾额"魏公间气"和世界红"万"字会赠送的"大德必寿"之匾；在他七十岁的时候，时任江苏省水陆警备司令冷遹也赠送了匾额"潞国精神"。此外，还有出于清代状元、户部尚书、光绪皇帝的老师翁同和之手的那副对联"春秋左史乃家法，紫袍玉带真天人"，至今仍然抱柱而歌……无疑这些真迹书画都是岁月深处的伟大杰作。

正厅的西边就是人们俗称的西花厅。据有关资料记载，当年陈毅率新四军移师海安时，就应邀驻于此，从此，两人"斟酒论文，相知甚笃"便成了江苏抗战史上的一段佳话。此间，刘少奇（化名胡服）由皖北到海安，也曾在此处拜访过韩国钧先生，并为之设宴洗尘。不仅如此，1940

年 11 月，陈毅将军和他的夫人张茜应韩国钧之邀留驻西花厅，就在窗下陈毅抒北上新四军与南下八路军会师之豪情，吟出了著名的诗篇："十年征战几人回，又见同侪并马归。江淮河汉今谁属？红旗十月满天飞。"

往前走过三进 ( 穿堂 ) 和四进 ( 堂屋 )，便进入一条巷道。

这条巷道名叫"火巷"，小青砖条铺就的路，一眼望到头。虽然地面上的小条砖历经风雨似乎变了颜色，并且缝中长满了绿苔，但仍然工工整整、平平溜溜。走在这条平整静寂而又不乏温馨浪漫的古巷中，聆听着"韩公馆"的故事，观赏着中西结合的晚清建筑，品味着风中夹带"爬山虎"的气息，心里既有一种好奇，又有一种胸惬怀畅的感觉。

就在前面不远处，一栋犹如火车车厢式的小洋房却映入眼帘。传说，这栋小洋房，出于韩国钧四子的韩宝琨之手，他毕业于上海同济大学的土木工程系。

走进小洋房，令人心动和令人震撼的是它那异样的车厢式内部设计。西式的房顶，乳白色拱形的天花板，优质木材的板壁，所有的窗扇皆为三层：一层百叶、二层网纱、三层玻璃，主人可按季节、天气之变化而更替使用。彩绘瓷砖地面，至今仍然色彩鲜艳，坚固光滑。现在看来，这栋有着近百年历史、曾作为"苏北联合抗日座谈会"会址的洋房，它的出现，它的洋装，它的舞姿与风范，不仅是中西建筑文化与艺术完美结合的典范，更是故居建筑群中最为耀眼的一颗星座，达到了个体与整体、自然与建筑完美和谐的统一。世人称奇，名副其实。

还是古人的那句话说得好："山不在高，有仙则名；水不在深，有龙则灵。"这"韩公馆"正是凭借着"中西合璧"的建筑群，开辟出自己独创的天地，使自己在多如繁星的古宅中脱颖而出，并且身价倍增。尽管岁月沧桑，风雨洗尘，有着百年寿命的她，仍然闪烁着她特有的光芒。正因为如此，"韩公馆"于 1982 年被批准为江苏省省级文物保护单位；1988 年被辟为县博物馆；2013 年被批准为全国重点文物保护单位。

在海安古镇，虽然只是匆匆一瞥，虽然只是窥探一角，但给我的感叹、感悟和感慨却有很多很多。

行走在石板街上，踏着数百年的历史足迹，感受着东西文化的完美结合，使我领略到了改革开放的伟大力量和巨大魅力。

行走在石板街上，看到苍老的古镇正鲜活着我们的现代生活，彰显出有别于自然景观的独特魅力。我感到，这不仅仅是人类发展留下的印痕，不仅仅是岁月经过留下的足迹，更是一种文化与艺术的承载和作用力。

行走在石板街上，看到游客对古建筑群的青睐，看到古建筑群昨天的辉煌、今天的灿烂和明天的希望。我想到，人在世间要多做好事，多做善事，多做实事，多做对百姓和后人有意义的事。像韩国钧先生那样，"为官清廉勤政，关心民生疾苦"，为人民多做好事。造福一方百姓，惠及子孙后代……

然而值得感叹、思考与回味的又何止这些呢……

## "七战七捷"之魂

在祖国南方——苏中革命老区的这方热土上，令心灵感动、激动，令心灵震撼、振奋的东西有许多许多。但其中扬名中外的"连续作战七次，仗仗奏捷"的苏中战役，在我的心目中却留下了不灭的印痕。

就在前不久，一个春暖花开的季节，我又一次踏进了这片土地——海安。

海安，不仅环境优美，景色迷人，但更引人注目的则是"七战七捷"纪念馆中的那个碑身，被誉为"天下第一刺刀"。它身长27米，墨绿色装扮，拔地而起，直耸云霄。那种造型，那种英姿与夺人的气势，在瞬间，你便会感受到一种庄严、一种力量和那穿过历史长夜的不熄的精神火焰。

其实，这种"力量"和"精神火焰"就是一种魂，一种需要弘扬的精神。因为在这里留下了粟裕将军七次战斗告捷的足迹，创造了古今中外"以弱胜强、以少胜多"最为罕见的战役范例。正是这"七战七捷"之魂，振奋了全国人民敢打必胜的信心，扭转了当时我军南线被动坚守的形势；正是这"七战七捷"之魂，点亮了解放战争初期作战胜利的第一缕曙光；正是这"七战七捷"之魂，使凄风苦雨化为和风丽日，编织了飘扬在海安上空"打好新征程七大战役，实现新时期七战七捷"的旗子。

走近苏中"七战七捷"纪念馆，就是走进了神圣之地。

当我看到大厅中一群雕像时，似乎听到了穿越时空70年前那些不寻常的故事：

据介绍，抗日战争一结束，在人心思定，举国期盼和平的声音中，毛泽东飞赴重庆，抱着极大的诚意与国民党进行和谈，商讨和平建国的基本方针。为避免内战再起，国共双方代表先后签订了《双十协定》（1945年10月10日）和《停战协定》（1946年1月10日）。但蒋介石在下达停战令的同时，就着手运作，密令国民党军队把苏北、苏中作为"抢占的战略要点"和夺取的目标。因为苏中位于整个中国解放区的东南前哨，处于国民党政府的政治、经济中心南京、上海的卧榻之侧，对其威胁巨大，所以在恢复和平谈判中，他亲自出马，直言不讳要共产党让出苏北(江苏省长江以北地区，含苏中在内)。

然而，时任华中野战军司令员的粟裕，对蒋介石的阴谋却早有认识。1946年5月，经中央军委和新四军军部批准，粟裕将第一、第六师及第七、第十纵队共十九个团三万多人集中于苏中地区，完成了战略集结。

集结后不久，一向善于动脑与捕捉战机的粟裕，他面对中央"由内线转移到外线作战"部署的压力，权衡利弊，精密分析，大胆提出了充分利用苏中各种有利条件"先在内线打几仗，再转到外线作战"的策略。这一作战意图，很快得到了中央军委的批准。

于7月13日，粟裕动用15个团，突然向守备较弱的宣家堡、泰兴国民党军整编第83师19旅的56、57团及旅属山炮营发起攻击，打响了苏中战役的第一仗。进而，在一个半月内，连续进行了宣（家堡）泰

（兴）攻坚战、如（皋）南战斗、海安运动防御战、李堡战斗、丁堰林梓攻坚战、邵伯阵地防御战和如（皋）黄（桥）公路遭遇战，取得了"七战七捷"，共歼国民党军6个整旅，5个交警大队，总计5万3千余人。打出了人民解放军的神威，书写了我军战争史上的华彩篇章。

苏中战役，七战各有特色，但最具传奇色彩要数李堡一仗——乘隙奇袭。

自从华中部队撤出海安后，蒋军先头部队随即占领海安，并纷纷向上报捷邀功，第一绥区司令部统计"歼灭"我军伤亡竟达"二三万人"，宣告"苏北共军大势已去"。此时得意忘形的李默庵，却认为第一步作战目标已经达到，按预定作战计划，调整部署，派出65师和105旅由海安继续北犯，广占地盘。然后，与徐州南下部队会师，实现第二步作战计划——会攻两淮。

可蒋军万万没有想到，高出一筹的粟裕，却从无线电侦察中获知这一作战计划，第二天早晨立即电告华中局、军部和军委："敌骄兵轻进，必有机可乘，出现我歼敌良机，我主力已集结于海安东北，伺机出击。"次日即获军委复示："歼敌良机已至，甚好甚慰。"

1946年7月10日晚上八点，粟裕决定设置"口袋"，集中优势兵力，乘敌换防混乱之际，以第一师攻歼李堡、角斜之敌第105旅主力；以第六师的第十六旅攻击丁家所守敌第105旅的另一部；7纵队及新调来的苏中第5旅和华中军区特务团，协助主力攻击。攻其不备，挥师突袭李堡，一夜之间全歼守敌。

李堡之战，前后不到20个小时，大获全胜，歼敌近两个旅，共9000余人。并且在这次战役中，率领第19团前来李堡接防的敌新7旅少将、副旅长从田云，成了一师俘虏到的第一位国民党将军。

真是用兵如神啊！

由此，我想起了那首至今仍在民间广泛流传的民谣："毛主席当家家家旺，粟司令打仗仗仗胜。"现在看来，作为这一战役的策划者和指挥者粟裕，受到了苏中军民的热烈拥护、爱戴和颂扬是当之无愧的。

就在解放战争进行到第三个月，即 1946 年 9 月，我军已经歼灭国民党军队一批有生力量，取得了战争初期的作战经验。毛泽东对此进行了科学的概括，写下了《集中优势兵力，各个歼灭敌人》（1960 年 9 月收入《毛泽东选集》第 4 卷）的光辉著作。这篇著作，像一支熊熊燃烧的火焰，拨开迷雾，照亮了中国革命的前进道路。

在这篇著作中，毛泽东指出，集中优势兵力，各个歼灭敌人，是战胜国民党军队的主要方法。特别是提到苏中战役中的三次作战成果："得手后，依情况，或者再歼敌军一个旅至几个旅（例如我粟谭军在如皋附近，八月二十一、二十二日歼敌交通警察部队五千，八月二十六日又歼敌一个旅，八月二十七日又歼敌一个半旅……"正是因为有了这篇著作，正是因为有了"七战七捷"的典型战例，才有了理论瑰宝——毛泽东军事思想的"十大军事原则"，才有了解放战争的胜利，才有了 1949 年 10 月 1 日鲜艳的五星红旗在天安门城楼上高高飘扬。

是啊！在中国革命历史璀璨的画卷中，1949 年 10 月 1 日永远是个庄严的时刻、是个值得纪念的时刻，也更是值得每位中国人骄傲的时刻，因为"中国人从此站起来了！"但在历次的革命战争中，为了新中国的诞生而献出自己宝贵生命的中华儿女却不计其数。

在浩如烟海的革命事迹中，有一位感人至深的烈士，名叫张文雄，是位战斗英雄。他于 1944 年参加新四军，抗战胜利后，随军北撤到苏中一带，在华中野战军三分区一师一旅任三科通讯参谋。在丁、林战斗中，他面对强大的敌人，冒着弹雨，机智勇猛，不顾个人安危、冲锋陷阵、英勇杀敌，并与敌军激战整整三个昼夜，但就在要取得胜利的那一刻，却被一颗无情、冷漠、不懂人性的子弹打中了，因流血过多而壮烈牺牲，年仅 18 岁。

18 岁，这是人生最美丽的年龄，这个年龄充满着欢乐，充满着理想，充满着向往与希望，美丽的年龄装满了美丽的梦幻。18 岁，可以说是人生的花季，是美好人生的开始，然而，这年轻的生命为了苏中人民的翻身解放，为了苏中人民的幸福与安宁，却过早地离去了这个美丽的世界。

写到这里，我又不由想起了一位哲人说的话：人世间最宝贵的东西是生命，生命有长有短，有的人生命虽长，却活得暗淡无光，无滋无味，有的人生命虽然短暂，却熠熠生辉，有光有彩。这也正应了"有的人虽然活着，但却死了，有的人虽然死了，但却永远活着"这句箴言。而张文雄用 18 年的人生历程，把自己最美好的年华永远地镌刻在苏中这片土地上……

想着、想着，满眼泪水模糊了我的视线，我的心在猛烈地颤抖……在苏中的大地上，今天，虽然呈现出一派静谧，战火纷飞的年代已经远离我们而去，但烈士们留下的印记以及诞生在这片红色土地上的"七战七捷"精神，只有当我们亲身来到这块红土地，当我们亲眼看到一处处战争遗迹，当我们撩开那厚重的历史烟云，才更深刻理解人生的价值，才更深刻理解"七战七捷"的内涵，才更深刻诠释战争、和平与祖国。

于是，我想到了，一个国家、一个民族、一支军队，总要有一种信念，总要有"英勇顽强、攻坚克难、敢于进攻、敢于胜利"的精神，把人民团结起来，把人心凝聚起来，这样才能永远立于不败之地。而"七战七捷"之魂正是需要弘扬的信念，正是需要弘扬的精神。

在今天、在高水平全面建成小康社会的伟大征途上，我们更需要弘扬中华民族的精神火焰，更需要弘扬"七战七捷"的精神火焰。只有精神火焰永远燃烧，就一定能够实现毛泽东那首豪迈诗篇中所说的那样："可上九天揽月，可下五洋捉鳖，谈笑凯歌还。"

"七战七捷"之魂，是永远不灭的火焰，是永远明亮的火焰，是永远激励人们奋发向上、奋勇前进的火焰！

# 走进角斜

　　三月的那天，一路上，春的季节！风，乖巧的飘过发梢，带着色彩；村庄，河流，田园充满着无语的温馨，剪裁着色彩。路的两旁，树碧，地绿……苏醒的一切，微笑的一切，敞开心胸的一切，都泛着幸福的红晕，各显秀色，各抒情怀，各领风骚，在阳光的照射下，绿得更加鲜嫩，更加艳丽……

　　角斜马上就要到了！我慢慢地打开车窗。这时，一股清冽的风吹了进来，我深深地吸了一口，啊，好清爽啊！仿佛是"一口吸了江、海、地之气！"这不是夸张，在这大海、长江、平原连接的地方，空气里自然也蕴含了如此的气息。

　　汽车跑了40多分钟，我们终于到达了集陈列馆、射击场、民兵纪念碑、烈士陵园融为一体的，闻名全国、有着角斜"红旗民兵团"之称的小镇——角斜。

　　角斜坐落于北凌河畔的黄海之滨，南望奔流不息的长江，是盐城、南通两市和如东、海安、东台三县（市）结合部，是苏中交通枢纽和战略要地，因此一直以来成为：古为兵家必争之地，交通之要塞！而今也是江苏省海安东陲之要镇。

这是一个传奇的地方，一个不同凡响的地方。角斜，不仅仅地理位置特殊，她更是一个英雄的集镇，那里的民兵团从 1940 年就组建，曾有 600 多名民兵参加抗日的主力部队；曾有 260 多名民兵参加渡江战役、上海战役、进军福建等军事行动；曾有 80 多名民兵参加抗美援朝……积极参军、参战支前，历经了大小战斗上百次。直至今日，这面永不褪色的猎猎战旗，不愧是我国民兵预备役部队中一面火红的旗帜，不愧是被老一辈革命家长期关注民兵工作的一面高飘的旗帜，也不愧是中央军发文号召广泛开展向角斜"红旗民兵团"学习的一面鲜艳的旗帜。

走出车门，迎面看到一座高大的门墙，上面嵌刻着姬鹏飞同志的亲笔："角斜红旗民兵团史绩陈列馆"的十二个浅黄色的大字，赫然显目。这是 1991 年 3 月"红旗民兵团"命名 25 周年之际，时任顾委常委姬鹏飞同志为乔迁建于此所题写的馆名。那十二个大字一下子摄住了我的眼球，也摄住了我的心。看着那刚劲有力的字迹，我顿时感到周身的血液在涌动，在加快，在升温。因为我看到了角斜民兵团不仅是"组织落实、军事落实、政治落实"典范，而且还是全国唯一的团级建制的民兵标兵单位；因为我看到了角斜民兵团不管是处于抗日战争、解放战争还是处于社会主义新时期，对祖国，对人民都兑现了诺言，交上了一份份满意的答卷……这就是我，一个有着 11 年军龄老兵所特有的情愫与感怀！

上前几步，我便随着人群踏进了史馆的大门，映入眼帘的是一块洁白的矾石，上面刻着红旗民兵团的功绩："……烽火岁月，砸锁链，举刀枪。和平年代，建家园，卫海防……"不禁心里：咯噔！一种久违的激情在心中油然而生。啊！与其说是来到这团史馆参观，倒不如说是感悟角斜民兵团的一种精神，一种穿越时空火焰不熄的精神，一种催人奋进的精神，给人的思想、人的灵魂、人的情感予以洗涤。

我默默地伫立在碑文前，仔细端详着上面的每句话，每个字，甚至每个标点符号，用心默读，用脑记忆……那行行、句句的文字就犹如震撼心灵的一个个"红旗"故事，让我读懂了不仅仅是角斜这片革命的热土，有着浓浓的兵味，也不仅仅是角斜人屡建功勋，赫赫有名，更重要的是让我读懂了角斜民兵生命中的那股追求理想信念的无限热情和那种精忠报国的胆量与情境……在这里，只有这里，我体会到了什么是真正的无私，什么是真正的奉献，什么是真正的崇高，什么是真正的境界。

在石碑前拍照留念后，我踏过十几个台阶，来到了二楼。虽然这里已没有了当时角斜民兵"风潇潇，泪涟涟，求生存"的呐喊声；虽然已不见了当年战场上角斜民兵的英勇不屈身影，更不见了当年那"惩汉奸，夺枪刀，打土豪，分田地"的厮杀声……有的只是当年的痕迹留在这最后的照片中，让人驻足，让人仰慕，让人心生感动，让人肃然起敬。

那一块块鲜活的展区，那一幅幅生动的图片，那一个个飒爽的英姿，在眼帘中犹如一组组镜头，仿佛就在昨天，就在眼前……

1940 年 10 月，新四军在黄桥决战胜利后，挥师东进、抵达海安。于 1941 年 3 月在季琳、丁骏、戎杰等同志的倡导与组织之下，建立了第一个中共角斜来南乡党支部。更让人值得骄傲的是中国史上的第一支民兵组织——"抗日自卫队"在苏中平原上由此诞生。队伍的扩张，人员的集结，同年底，角斜民兵与群众三千余人配合新四军一师警卫营，以迅雷不及掩耳之势，一举镇压了国民党特务操纵下的"大刀会"等地主武装，旗开得胜，有力地打击了敌人的嚣张气焰，人民战争的威力得到充分的发挥。

随后，角斜民兵团开展的游击队、保卫战、进攻战、锄奸战是一战接着一战，打出了角斜民兵的信心，也打出了角斜人的神威。在"腰灶港"的一战中，竟毙、伤、俘伪军就达 200 多人，缴获战马七匹，六零炮一门，各种枪支近二百件，弹药二千余发。

由此可见，角斜民兵不仅会打阵地战，支前战也攻得有声有色，谱写了一曲曲、一首首支前英雄、支前模范的赞歌……1944年当部队启用隐藏在民兵家中的四十二箱军用物资时，角斜民兵五十多人肩挑担送，兼程行军七天七夜，终于安全到达海州（今连云港）、赣榆等地。更让人敬仰是，1949年2月10日的那一天。角斜民兵在区委宣传科长符永芝的带领下，组成一支由200多名基干民兵参加的常备民工队随三野十兵团二十九军行动，千里南下，渡江支前，历时九个多月，艰难跋涉，熬尽艰险，不怕流血牺牲，直至胜利抵达福建厦门……

　　此时此刻，随着画面的不断切换，我的心里感到一种疼，一种钻心的疼。因为在三打李堡的外围战役中，角斜民兵立即行动，全力支援，运送弹药，站岗放哨，抢救伤员，激战了三天两夜，于年底解放了角斜。不过，在那场战斗中，竟有88位烈士的遗骨安葬于此。就在这闪耀着无数中华民族英雄的之星中，有位英年早逝的民兵，他叫刘文山，时任民兵团副大队长，在那场激战中，不幸被捕。穷凶极恶的日伪军急于想从刘文山的口中得知当时中共区委领导是谁，有哪些人，而年仅三十二岁的他，不顾敌人强行用铁钉穿过他肩膀的锁骨，将他的身躯悬钉在墙上，他强忍着痛苦，不畏酷刑拷打，直到生命的最后一息，他仍然一字未提。他太年轻了，他们都太年轻了。十几岁二十几岁三十几岁，正是美好的青春年华，然而他们却永远地长眠在这里，就是铁打的心也会碎裂！

　　面对此情此景，英雄的事迹、团队的力量不仅深深地打动了我的心，也给所有参观的人增添了动感，增添了"当先锋，做表率"的色彩，也增添了藏在心中的那份奥秘——"红旗精神"。

　　虽然今天呈现出一派静谧，战火纷飞的年代已经远离我们而去，但诞生在这片英雄土地上的角斜"红旗民兵团"，50年来，居功不傲，牢记使命，始终弘扬"听党指挥、忠于祖国、爱军习武、乐于奉献、开拓进取、奋发有为"的"红旗精神"，与时俱进，积极探索新时代条件下，民兵建设的新途径、新办法和新路子，雄风更胜当年，红旗更加鲜艳！

看！今日的角斜，你在新的征程上继续书写辉煌。从民兵团领导到每一位普通民兵都始终坚持着自己的操守，"不能让这红旗在我们手里褪色，要让她在我们手里更鲜艳！"带着这份情结，代代奋斗拼搏，铸就了红旗精神，为团队赢来了一块块熠熠生辉的金牌，

看！今日的角斜，你在新的征程上继续编写传奇。你积极调整民兵编组结构，适当压缩步兵分队比例，依托当地医院、学校和高新技术工业园区等资源，先后组建了作战实用、技术含量较高的防化、防空、电子对抗等 10 多个专业分队，优化了组织结构。在一次次的军、警、民联合实兵的沿海机动防卫战检验性战斗中，出色完成了构工伪装、打击海上来袭敌特等演练任务。

看！今日的角斜，你在新的征程上继续彰显风采。你不仅有了全省一流的民兵射击场、民兵综合训练地与少年军校，而且又在打造一座集国防教育、战备训练、群众性军事体育活动和休闲娱乐为一体的国防公园。

还有，在新的征程上，你不仅把威震华东，享誉全国的角斜"红旗民兵团"这面战旗继续迎风招展，而且把经济与民兵建设的和谐发展，互动发展，结合得淋漓尽致，让人们看到了角斜镇这道亮丽的风景线如同海天彩虹，灿烂夺目！

啊！角斜，这方震撼心灵的净土，虽然我们只停留了不到两个小时，但大家都有一种不舍离去的心绪，走出好远，还都深情地回望。

因为我深深地感到，50 年的风雨征程，角斜"红旗民兵团"这面沐浴过纷飞战火的红旗，浸透过辛勤汗水的红旗，在人们心中有一个共同的"魂"，那就是镌刻在他们心头的"红旗意识"。这意识，是他们抹不去的情结；这意识，是他们永远的精神支柱；这意识，是他们建设美好家园的力量之源。

因为从历史再回到现实，我倍感角斜"红旗民兵团"不仅仅是一面旗帜，不仅仅是一个地理方位，她更是一种精神的火焰，更是一种灵魂的高地，更是一种境界的团队，更是一种红旗的情结。

因为我的心中满是历史，也憧憬未来。在祖国南黄海前哨高扬着的那面民兵工作壮美的旗帜，特别是进入新世纪新阶段，那敢于创新的勇气与情怀，那恪守海防的忠诚与奉献和一往无前的雄心与决心，重重复复盘桓于心头，相信角斜人会把这面飘扬了50年的旗帜举得更高，染得更红！

# 那所学校去哪儿了

1976 年 6 月我从一所乡办农村高中毕业,回到了农村,成为一名回乡务农的"知识青年"。

面对全新而又陌生的环境,我凭着一腔热血,积极、勇于抛开任何幻想置身于如火如荼的"农业学大寨"浪潮中。日出而作,日落而息。释放能量、展现自我、施展才华。个中的酸甜苦辣,我都一一品尝过。

就在毕业的第二年,经小队群众的推荐,大队党支部的同意,报公社教委审核、批准,我被招为代课教师。

说句真心话,小时候,我就无比崇拜老师。我生在农村,长在农村,读的是农村小学和公社中学。上学的时候,周末还要出勤、去队里挣工分。作为学生,那种繁重的体力劳动,农民那种面朝黄土背朝天的日子,曾经在我的心里留下阴影。我甚至觉得——农民太苦太累了,长大了就是出去要饭,也不愿再做农民。

可如今我的青春梦想,就像雨后的一道彩虹,让人生瞬间变得光彩夺目。

虽然眼下这个差事，说不上是完全跳出了农门，做真正意义上的公办教师，但我却懂得，代课教师，在当时那个物质极度匮乏的年代，是令人向往的一个职业。因为这份工作，不仅有工资，还能摆脱每日在田园上重复耕作的艰苦日子，更能让我站在三尺讲台上，教书育人，播种文明，收获希望。

　　于是，8月底的那天清晨，还在睡意中的我，便隐约地听到窗外清脆的鸟鸣声，低回婉转，轻声呢喃，我不由得睁开朦胧的睡眼，一缕晨光已透过窗帘，热情地涌了进来。我赶紧起了床，迫不及待地打开家门。

　　我简单地收拾了一下，便骑着自行车就上路了。我昂着头，一边踩着车，一边亲吻着随风吹来的稻谷清香。

　　凝目远眺，那层层叠叠、丰收在望的谷穗，金灿灿的一片，一眼望不到边，在"沙沙"声中，带着浪漫的祝福，萦绕在神秘无瑕、充满憧憬的大自然中。是的，秋天到了，一个收获的季节！

　　"吱吱"，我刹住了自行车，便来到了报名地——红星初级中学。它就坐落在本村，离我家不远，骑单程车只需二三十分钟。

　　报到后，我被分在小学数学教学组，教四年级的数学，另外还代初一的英语课，每周共有18节课。就这样，从那天起，我带着初为人师的自豪与神圣感，决心认认真真、踏踏实实地用教鞭书写好我的职业生涯。

　　每天清晨，我总是随着钟声的起起落落，迎着柔和的光芒，伴随着鸟儿的歌声，沿着通往校园的必经之地——绿色小道走进校园。我时常对招着的小手，亲切地唤着自己的学生，微微致意。学生们把我围绕成一圈，一起走向知识的海洋。

　　当和风轻柔地托起一丝丝柳絮的时候，我竟忘了教室、校舍的简陋，条件的艰难……沉醉于烂漫的校园生活之中，教书，指导他们怎样待人接物、为人处世……用知识的乳汁去浇灌出丛丛文明与智慧之花，让我的学生真正学到本领、懂得道理、明白价值。

光阴似箭，整整一年半，我凭着年轻人所特有的热情与干劲，把全部的精力与时间都投入到教学和工作之中。每天除了上课、备课，就是批改作业、辅导学生，该干的事情从不留到第二天，真是"两眼一睁，忙到熄灯"。那时学校很重视培养年轻教师，经常安排我到县内、县外参加课程培训与听课活动。久而久之，养成了我把平时的每节课都按照公开课的标准来准备。英语课上，我喜欢穿插一些地理、历史、文学知识，尽量运用幽默的语言来教学；数学课上，我努力做到举一反三、旁征博引，把看起来深奥的问题讲得深入浅出。如果是下午上课，发现学生疲劳了，我就讲一些故事、笑话，甚至给学生讲讲我新读小说中的精彩情节，与学生聊正在热播的样板戏、电影等。每节课学生们都听得津津有味，下课了同学们还缠着要我继续讲，那种自我感觉良好的成就感，让我每天的工作都充满了快乐和期待。

　　我的执教生涯虽然犹如银河系中的流星一样，只是一瞬间，但一旦想起，心里却堆满了无限的感念和追思。热情的同事、淳朴的农民、纯真的学生都构成我的记忆。

　　忘不了那个寒冷的冬天。那天晚上，寒风凛冽，外面下着小雪。我专注于第二天下午公开教学课教案的准备，其实就是上堂公开课，对我一个月来教学质量的一次评估与检验，毕竟我是个刚上岗的新手，而且来听课的都是我的父辈之人，有水平、有经验的老师，所以认真备课是必需的。

　　"要不要帮你看一下教案？"语音轻得似乎从天边飘来，但我却听见了。他就是教学组的组长钱老师。今年42岁，十九岁从师范毕业，一直执教数学。他不仅课讲得好，学生爱听，而且还经常给公社中心小学的教师们上示范课、研讨课，传授新理念、新方法。他那润物细无声的传授，总能打动、感染听课的每一位老师。

　　那一刻，在一个年轻人的心里，触动的不仅是感激，更是一种的敬畏，敬畏他的为人以及对事业的执著和眷恋。

　　更忘不了那个炎热的夏天。就在我执教的第二年，那个下午，和以往的夏日一样火热，太阳与地平线在西方一颤再一颤地亲吻着。空气中弥漫着的呛人炎潮也开始疲倦地温和起来，我的整个身体也随之平展，毛孔便舒展开来，感到了夏日里渴望的那种舒缓。我收拾完办公桌上批改好的作业，就推着自行车，披着夕阳的余晖回家。

　　可我刚上车不久，却突然听到有一个学生，喊了两声我的名字。那一刻，不知为啥？我的脸一下子发烫了，觉得不太习惯。平时他们都很尊敬我呀，为什么今天会直呼其名呢？但我还是大声答应了。

　　其实，仔细一想，这也不足为怪，能理解。论年龄我只比他们大几岁而已，在他们的心目中，除了老师，我还是他们的大哥哥。所以，自然而然地不管大事小事都愿意向我倾诉，和我沟通、交流。

　　我下了车，望着那远处一前一后、一小一大的影子向我疾速跑来，我预感到他们一定有急事需要得到我的支持与帮助。渐渐地，我看到了走在前面的那个满头大汗、神色惊慌的学生，她叫赵小宏，后边跟着的是她的哥哥。

　　赵小宏把他们的"急事"一五一十告诉了我，原来是由于家境的贫寒，她的父亲决定让她辍学。我听后，不禁皱起眉来，感到一阵阵心痛似潮水般的纷纷从心底涌出。上个月五年级刚刚发生过类似的事件，怎么现在又到我们班呢？我嘀咕着，为她感到难过而惋惜。因为知识才能改变命运，命运决定前程。

　　其实，在当时的那个年代，学生辍学，不完全是因为学习成绩差造成的，更多的情况则是家里缺乏劳动力，需要孩子回家劳动、干农活，缓解一下生活的困境，尤其是女生，长大了反正要嫁人，读不读书没有关系——旧观念在农村学生家长中仍然根深蒂固。

　　当天的晚上，月光轻洒，柔风拂面，蛙声连着夜色的安静，我如期而至来到了学生的家。她刚好和她的爷爷、奶奶、父亲，还有哥哥在吃晚饭。我来到后，她的奶奶便放下手中的粥碗，热情让座位递茶，让我感到很亲切。

我看了看老赵的房屋，就是三间半土坯草房，好像门的两边还有几处缝隙，风常从屋外灌了进来。地面也是坑坑洼洼的，几只母鸡正在地上走动，不时屙下点点鸡屎。往厨房一看，那些锅碗瓢盆都积满灰尘，苍蝇在那里乱飞……看得出，学生的家境十分困难。

自从我来到这个班，就听赵小宏讲过，她是由奶奶一手带大的，至于是什么原因，我确实不知。于是，我向老人家询问了一些关于她家里的情况，原来她的生母在她上一年级的时候，就与她的爸爸离婚，改嫁了。从那以后，本来视力就不好的父亲，却一天比一天差，直至现在几乎成了一个盲人，这对原本就不健全的家庭又是雪上加霜！听到这些我很心疼，原来，她就生活在这样的家庭环境中。一个人从小就缺少母爱的滋养，她的心灵将是多么干涸和残缺！真是太为难她了。作为孩子的老师，我一定要给她更多的帮助与鼓励，让她的内心充满自信与快乐。

坐在一旁的父亲终于开口讲话了："孩子今年十二岁了，她说家里的情况不好，为了减轻我们的负担，她不想读了。我又看不见，成了个废人，但我知道她的心里是不好受的……"

其实，从孩子父亲的神态中可以看出，他确的是不想让孩子去读书了，但面对我这个老师，却又不好意思讲出口，就把一部分责任推到了孩子的身上。

我们谈着谈着，不时地她的爷爷奶奶也插上几句，但说得最多的话题仍然是"家境"问题。怎么办呢？就在我们相持不下的时候，孩子的父亲又来了一招。

他对孩子说道："小宏，你和老师讲讲话。"事实上，父亲的用意就是想让孩子表个态。

于是，他的话音刚落，我把学生一拉，坐到我的身旁，有意地先问道："小宏，你还想上学吗？"

小宏有点害羞，声音微微发颤，便说道："想读，但我的情况不好，爸爸眼睛又不亮，靠爷爷、奶奶干农活，很苦的，我也想帮帮他们。"我知道这些话的用意，为了让小宏的父亲下决心让孩子读书，也为了让小宏从纠结中走出来。我特意对学生说："你爸爸眼睛不亮，但他的心亮！你爷爷奶奶虽然很苦，但为了让你去读书，再苦也心甘情愿呀！当父母的，谁想让自己的孩子失去学习的机会呢？当孩子的，正是求学的黄金年华，怎么能放弃学习呢？"

老赵听了我的话，叹了口气，便说道："家里穷呀，吴老师，家里的情况，你一看就知道了。"

我知道他要说什么，于是，我立即打断了他的话，说道："现在国家有政策，对于特困家庭的孩子，每学期公社和学校都会按一定比例给予救济，至于你姑娘的笔墨、纸张什么的，我可以提供无偿的帮助！"

我的话音刚落，小宏就说道："谢谢老师，谢谢老师！"

紧接着，小宏走向厨房，向她的奶奶做了一个鬼脸，又折回来拍了拍爸爸的肩说："爸，那我明天去上学了！"

三个老人几乎同时说道："好，那要听老师的话呀！"

"嗯嗯"，从小宏的话音里，可以听出她的心中有多么的喜悦！

从此，我的那个学生又一如既往地背着书包，每天来到知识的殿堂纵情地享用着知识给她带来的愉悦。

1978 年的 11 月份，正当我的事业处于上升期的时候，因响应国家号召而报名参了军。我不得不放下手中的教鞭，又一次迈着追求理想的脚步，离开这所农村初中。

一眨眼，一走就是三十多载！十年前，在村里读书的那些孩子都已搬到十里外的乡中心小学去了，而这所校园恍若成了一位垂暮的老人。

可到了今天，我又蓦然发现曾经工作过的那所学校，去哪儿了，怎样一下子就成了"万顷良田"呢？想想也是必然，她总归要成为一片尘埃，融入历史的长河中。只是那些曾经辛劳的园丁们在这所校园中，用青春的激情和勤勉，带着关爱和责任，让充满浓重的乡土气息的孩子们一天天长大，又扑棱棱地飞向四面八方，其实也就足够了。

# 第四辑　闲情谐趣

　　雨花石，作为地球千古造化的自然珍物，虽然她的个头小——方寸之大，但却质坚晶莹、色彩斑斓、纹理奇妙，着实令人爱不释手。尤其是雨花石的图案大多奇妙玄奥、包罗万象，既像浩瀚的宇宙天象，又像广袤大地的山川美景，暗藏着小桥流水的风花雪月……似演绎着一个个千姿百态的场景，处处流露着浓浓的诗情画意。

# 城中卧龙

踏进城门、登上钟山的石阶青砖，就如掉进浩瀚的历史长河。

长江远绕，城墙横亘，故垒犹存，全身心都融进并凝固在恍若今古如一的图画中。扑面而来的，却是历史的恢弘和王朝权势的凝重。

在这里，我看到了另一个天地。一条盘踞的长龙，就好像一位位身披金甲的将军和一列列整装待发的兵群，长年累月隐蔽在这亘古的南京城中。虽然在其漫长的岁月中，她屡经劫难，历经战争的洗礼与风雨的剥蚀，唯有这城中之龙——古城墙，却安然无恙地被保存下来，仍旧昂然屹立，忠诚地守护着这座城市。不能不说是人间的一个奇迹啊！

史书记载，南京的城墙，迄今已有 2500 年的历史。据说早在公元前472 年，越王勾践灭吴之后，企图进一步吞并楚国，他看中了位于南京中华门 ( 今日 ) 的长干里一带，便召见他的谋士范蠡监理建城，定名为"越城"，又叫"范蠡"城。当时的那个"越城"很小，城周只有一公里又八十步，占地面积为 6 万平方米，称作"越台"，由此开创了南京的城垣史。

时隔一千八百年后，明太祖朱元璋在参加了郭子兴的红巾军起义后，由于他的睿智与勇敢，自己的势力很快得到壮大，并在郭子兴死后，取得了对这支军队的控制权。朱元璋为了大展宏图，就必须要有稳定的根据地，于是，集庆（南京别称）便走入了他的视线。1356年，朱元璋攻占了南京，并改名应天府，自称吴国公。同时采纳了皖南池州学者朱升"高筑墙，广积粮，缓称王"的建议，于1366年开始修筑南京城墙。当时动用全国五省二十八府、一百五十二州县，筑城人员百万余众，耗费3.5亿块城砖，花了21年的时间，直到1386年才完成。建成了由宫城、皇城、京城、外郭四重构成的城墙（称为明城墙），其高度为14—26米，顶宽2.6—19.75米，蜿蜒盘桓达35.267公里，垛口有13616个，城门13座、水关3座、屯兵窝棚二百多个。成为我国历史上最具规模、最雄伟、最壮美的明城墙，也超过了法国巴黎的城墙，成为世界第一大城垣。

那么又何为"城垣"？

其实，城垣是一种防御性建筑。据讲，早在夏朝时期，我国就出现了城市城垣这种建筑形式。夏王启建立了我国历史上第一个奴隶制国家，那些奴隶主们为了显示自己的高贵，建造了"堂""室"等组成的宫殿，并在周围建造了我国最早的"城郭沟池"。随着考古研究的不断发现，这种"城郭沟池""城垣""城墙"也不断被发现。

难怪"城垣"在古人眼里，是那么的牵肠挂肚，依我看来，是因为，自此，往里，必须是自己的地盘，拥有这片天地，一代王朝的统治地位才有保障，政权也才能得到巩固与发展。明太祖朱元璋的这一创举恰巧说明了这一点，不是吗？

是的，古人的用心良苦与超强的想象力，却把我融入了那遥远的历史，仿佛在倾听先人们的美丽传说。

就说说那台城吧！

传说在公元229年，吴大帝孙权自武昌迁都秣陵，也就是今天的南京，将秣陵改称建业，以此为都城。城周二十里十九步。以后的东晋、南朝都城均建在吴都城旧址上，当时称中央政府机构朝廷禁省，也是皇宫所在地为"台"。实际上，台城就是东晋、南朝的宫城，在都城内。

所以，眼前这段 250 米的古城墙，就是当时东晋宫城的后花园，也属台城的一部分，所以民间习惯称这段城墙为台城。

经过考证，事实就是如此。从城基所用的条石来看，与城南聚宝门，也就是中华门一带城墙的条石相同。再看石基以上的大型砖，均为明代烧制，故此，可以断定这段城墙也是明城垣的一部分。由此，台城便成为南京的一个别名，并使其名声远扬。历代有许多文人墨客来到南京，总忘不了来台城一游。"台城六代竞豪华，结绮临春事最奢。万户千门成野草，只缘一曲后庭花。"这是唐代诗人刘禹锡留下的诗句。

可以想象，当时诗人在这里吟诗赏景，是不是给人一种身在图画中的感觉。

当我随着熙熙攘攘的人群，从台城的侧面逐级而上，落足城墙之时，一座气宇轩昂的古城垣，便跃然在我眼前。瞬间，我好像来到了一个烟火弥漫的古战场。你看，他们或如士兵列阵，或如壮士厮杀，或如勇士突奔。那百万雄兵突兀着，一个个惟妙惟肖，活灵活现，频频地来到你的面前，让你目不暇接，惊诧不已，震撼不断。

其实，我是知道明城墙的，对她神交已久。那还是在很小的时候，从教科书中知道的，南京城，又称内城，除此而外，在这座城外的几十里处，还有一座土城，有 16 座城门，又是南京城的一道屏障。

在我的脑海中，一直有一种思维定势，认为在当今，只要有城墙的地方，就一定能够成为古迹。但事实上，让人担心的却是城市的现代化，古迹难免被毁。况且当年的枪炮声、轰鸣声，足已将金戈铁马湮没，重武器、大型机械完全可以轻而易举地将她夷为平地。

然而，展现在我面前的却是一座完完整整的现代大都市，怎不令我这个初次触摸古代遗物的人怦然心动、赞叹不绝呢？

城墙，断面方形，是这个国度所不能或缺的历史文化元素和基调。方正的汉字，方形的棋盘，方形的城池，方形的城砖，方形的兵阵，方形的官印，哪怕就是忠臣的脸谱，也要弄个四方国字脸——那种方正刚毅的形象。

想想也是，方形的古城，那些千军万马，不过就是方格中的字体，方盘中棋子。运筹帷幄，决胜千里，这样的大事，完全可以微缩成这方寸之间的风际风云，只是，字写不好，可以涂擦干净后再写；棋出了昏招，可以悔棋推倒重来；但用兵一着不慎，只有血流成河、万骨成枯，那是不能翻悔推倒重来的。

而如今，在我的眼帘中，只剩下一座空荡荡的城池，历史，只留下了一个方正的格子，那些格中的字与子，都已消失殆尽。

我，还能找到那些锈迹斑斑、沉沙的折戟，还能将它们自将磨洗认前朝吗……

由此，在导游的引领下，外城、内城、皇城、京城、正阳门、通济门、聚宝门、石城门、清江门、定淮门、仪凤门、钟阜门、盆川门、太平门、朝阳门……我尽情地领略着历史留下的记忆，这让我不得不钦佩古人的智慧。

但更有趣的是，我每到一处，总要本能地抚摸着那一块块城砖，发现她的每块砖上都载明有造砖地出处的详细文字，少则一字，或一个符号、记号，多则五十余字。其实，这是一个城市的文字，读懂她，便能敲开一道紧锁沧桑演变的大门，登临那一级级城阶；也是一个城市的音符，奏响她，便能弹出一曲尘掩千年的乐章。于是，我仿佛又听到了，那带有文字音符的金属之音，是那么铿锵有力。

"叮叮当当"刀剑戈戟发出的铁器撞击声；

"梆梆咻咻"挽弓射箭发出的弦弹矢飞声；

"唏唏唰唰"铠甲片摩擦发出的碎响;

"滴滴托托"钉着铁掌的马蹄敲打地砖石阶的声响。

队伍集结的脚步声,震天的呐喊声、击鼓鸣锣声、号角声、风沙吹卷军旗声,都夹着浓浓的金属之音,甚至于城头上将士思乡的哀曲、营房中猜行酒令的喧嚣……都被那金属之声所包围,所吞没,所屏蔽。

这原本就不属于温柔乡里的音调,与任何的温存、浪漫绝缘,它只属于男儿,豪放是它的背景基调,婉约只能用来衬托悲壮的美感。而它却每天都在遭遇着生与死,离与别。

战争,让女人走开,而征戍,却又让亲情远离。所有的伤感,似乎总走不出这方方而又蜿蜒的城墙。

是多么的心酸而又感人呀!

古城墙,你的建成简直就是一个奇迹,一次伟大的创造,让今日的人们不得不为此点赞,不得不为此而肃然起敬。

因为你充分利用地形优势,打破了"方位对称,距离对等"的方形古制,把富贵山、九华山、鸡笼山、狮子山、清凉山等大小十几座山冈圈进了城内,并且其区域东连石头城,南贯秦淮区,北带玄武湖,将历代都城都囊括其中,形成了由内向外的"南斗北斗"聚合、环套的格局,从而使南京城踞山控水,形势险要,战可踞,退可守。石城虎踞龙盘的雄姿也得益于此。

细思之下,真的了不起!

这是中国古代劳动人民用智慧和血汗筑成的军事防御设施,她就像一条不见首尾的巨龙,翻过山坡,穿过田野,越过河道,绵延透迤,跃向天边。这一不朽的伟大工程,具有相当高的历史、科技、建筑、艺术、军事研究等价值,永远值得我们骄傲。

你看!多少个岁岁年年后的今天,她虽然身上早已遍体鳞伤,但依然傲立其间,依然还能威风不减,依然保持饱满的生命热情和炽热不熄的精神火焰。

这让我也忽然感悟到，只有在这里，站在这古老而又壮丽的城墙上，才能真正感受到什么叫做壮观，什么叫做雄伟，什么叫做耐看不厌和永恒。

如今，这条城中卧龙，就像一个古稀的老人，镶嵌在南京的眉宇之间，虽然她默默地永无怨艾地驮起一串长长的故事，诉说着不同寻常的历史，但她的过去在这里就此定格，她的动与静，古与今在这里无痕地融合。这条城中之龙，不仅成为南京幽静恬适的景致，更是一部可读的历史。

轻风微拂，夕阳沉落。暮霭中的紫红色太阳平照在南京城上，四射的霞光犹如乳香飘散着，把这古都，把这城中卧龙照耀成一幅十分鲜丽而又和谐的大自然的图画。

此时此刻，我也应回去了，但是拿着相机的那两只手，却仍然还在不停地对着渐行渐远渐模糊的龙身，按着快门，"咔嚓、咔嚓"响个不停……

# 晨光下的音乐台

　　到过中山陵的人都会有一个共同的愿望，那就是一定要去中山陵的配套工程——音乐台看看，否则你一定会感到遗憾。

　　音乐台位于中山陵广场的东南角。始建于 1932 年秋，建成于 1933 年 8 月，占地面积约为 4200 平方米。在利用自然地形以及平面布局和立面造型上，充分吸收古希腊建筑艺术特点，从而创造出既有开阔宏大的空间效果，又有精湛雕饰的艺术风范，达到了自然与建筑的完美和谐统一。其建筑风格不仅简练、古朴，而且更宽阔，更气派，不愧是中西结合的杰作。

　　于是决定，用步履与这座有着近百年历史的音乐台来一次亲密的接触。

　　第二天一大早，鸟雀不喧，没有涟漪，没有风声，万籁俱寂，我带着对音乐台的向往与好奇，便一个人来到这里观赏、感悟与思索。而我，之所以选择这样一个时间段，一个如此静谧的时刻，是因为我担心外界的喧嚣和杂乱，妨碍我宁静地独享这儿呈示的一切。因为在我看来，她绝不是一般意义上的游览之地，而是思考时空、天地、古今兴替、人与自然合一的场所。为此，她又是最庄严，最肃穆和最神圣的地方。

我，趟过含露的草地，穿过左边绿得高贵，绿得清纯，绿得幽深的绿色隧道，独自走上三层高的舞台，站到台中的圆心处，不由自主地与大自然对起话来，谁知这一举动，立即就会获得最佳的共鸣效果。你会听到声音仿佛从你的脚下慢慢升起，从你的四周返回，嗡嗡扩大，浑厚洪亮，渐行渐远，直达穹宇。这似乎让你梦幻般感到：你正在和天庭通话。这一共鸣奇迹，是因台前的池中天然积水和台后的大照壁共同所作。由此可见，音乐台被人们誉为"我国首见"，的确名不虚传。

此时的我，也许这里的一切令我感到新奇，感到神秘，或者出于对孙中山先生的敬佩与缅怀之情。我突然感觉身入重围，陷进层层的历史包裹之中，好像听到了历史的回声由远及近，透过岁月而久久回响。

一百多年前，那个风雨飘遥的旧中国。清政府腐败无能，愚昧无知，对外割地赔款，对内盘剥人民；野心家私欲膨胀，复辟帝制，贪生怕死，卖国求荣；西方列强虎视眈眈，把中国当作一只羔羊任其宰割，恣意欺凌……就在民族危亡的关键时刻，华夏大地的一位伟人，民主革命家孙中山先生以他的胆略和远见卓识，果断而又响亮地提出了"驱除鞑虏，恢复中华，创立民国，平均地权"的革命纲领。字字句句，深入人心，如闪电雷鸣，万壑回声，皆是为国而奋，为民而争……

我好像又听到了一种声音，宛如清远的音符跳跃在琴键上，低徊辗转，渐渐地，又如水击石，清脆地回荡在音乐台的上空，响彻于我的耳边。

"我只知道共和两个字，我这一辈子就认这两个字共和！我们有许多志士同仁为了共和连生命都献出了，我孙文此生啊，没有别的希望，就一个希望，那就是让共和不仅是一个名词一句空话或一个形式，要让它成为我们实实在在的生活方式，让它成为我们牢不可破的信念。共和是普天之下民众的选择！是世界的潮流。世界潮流浩浩荡荡，顺之者昌，逆之者亡。我孙文相信我们这个中华民族它一定会实现共和的！我坚信这一点。"中山先生以他特有的风度，新奇的内容，精妙的语言，不仅讲得精彩、动听，而且其深远的意义是，他的呐喊，唤醒了中国，振动了全世界。他领着觉醒了的中国人民奋起跋涉，用信念和意志的铁锤，敲响了清王朝的丧钟……

遥望历史，实际上是品味历史，感悟历史。由此让我想起了著名学者易中天曾经说过的一句话，一个民族不能忘记自己国家的历史，只有重视本民族的历史文化，这样的民族才是不忘本的。

我怀着这样的一颗敬畏之心，独自走上舞台。就在那一刹那，我的眼前不由一亮，啊！台面上竟是一枝梅花造型。史书记载，南京植梅始于六朝时期，相沿不衰，至今已有1500多年的历史。可以想象，在设计大师们的笔下怎么能不添上浓墨重彩的一笔呢？

事实上，古往今来，人们皆尤爱梅。因为梅花品性高洁，风雅清廉，不畏霜刀风险，傲立枝头，昂首撩绽，不羁世事沧桑，所以梅花这种精神品质，代表着坚强，蕴藏着力量，意味着希望，用在此处再合适不过了。

向前看，让我眼前一亮。晨光下的音乐台，呈296度的斜面犹如一把张开的折扇，多姿多彩，气魄非凡，格外吸引人。尤其是扇边上的那条宽6米、长150米呈半圆形展开的紫藤长廊，更是一道迷人的风景线。

草坪上，那沿圆心弧方向展开的三条小径，犹如宇宙中的三颗恒星行走而留下的三道痕迹，分别代表着中国人民的心底追求、民族的强大力量与胜利的信心；那沿垂直圆心方向展开的五条放射形斜坡走道，就是"明知山有虎，偏向虎山行"的那种精神，隐含着活着的人对孙中山先生追求民主自由的那种情怀与理想的致敬，因为古希腊本是民主理念的孕育之地，发祥之地，所以，引入隐喻民主理念于中国，充分体现了缔造者对于东西方建筑的深刻体悟和博大的文化视野，实在是绝妙的构思。

向后看，是一堵汇集音浪的大照壁。照壁是音乐台的主体建筑，坐南朝北，宽 16.67 米，高 11.33 米，水平截面为圆弧形。照壁仿中国传统五山屏风墙，表面采用水泥斩假石镶面，精雕细刻，棱角分明。其上部及两侧，刻有云纹图案随山墙之起伏而错落布局，宛如跃动的音符，上下起伏，让人从不同角度感受它与自然的和谐之美。但更有创意的是，云纹图案下镶有 3 只石龙头，突出于墙体之外，犹如神龙见首不见尾，活灵活现。尤其是从石龙嘴中吐出的水就如同喷泉一样，凌空而下，准确落入台下的池中。

照壁的下部，为中国宫殿式的须弥座，庄严稳重，上下出涩，以莲瓣为饰。上为仰莲，下为覆莲，中为束腰……雕刻得淋漓尽致，真是巧夺天工。

存了心思，就得慢慢细看。我向前迈了两步，走到台边，俯身看池，果然月牙池中积满了水。

在这里工作过的一位老人告诉我，为什么在舞台前要设计这样的一个月牙形的水池？他讲道，乐坛前这个半径为 12.67 米的半月形水池。一方面用来汇集露天场地的天然积水，保证一池碧水终年不涸，睡莲成片，鱼儿嬉戏，显出了淡泊宁静，成为一景。但更重要的是台上的讲话声一旦发出，就会沿着光滑的台面向外传播，遇到回音壁的反射，只需极短的时间就能迅速返回，和原声汇集音浪，在水池的作用之下，便形成了空谷悠悠、余音绕梁的扩音效果。这就如同中国传统剧场舞台下埋设大水缸的作用一样，其道理大约相同。现在可以想象，要有这种奇异的音响效果，需要怎样一种独特的睿智和精密的匠心！

我穿过草坪，来到紫藤长廊，在花盆之间的石凳上休憩。

原来，长廊中，种有紫藤的花木，藤蔓攀柱而上，绕梁缠柱，布满了整个廊架。一朵朵，一串串，一簇簇，组成了一道花墙。它与身后无边无际的绿色相抱相拥、融为一体，真是浑然天成，相映生辉，充分展示了音乐台的英姿、音乐台的力量和音乐台的壮美，更是唤醒了原本寂寞的音乐台。这样的情景，如梦如幻般地令人感叹，令人陶醉。我感叹到：这是一幅多美的画卷啊！这究竟是插花艺术，还是我的一种的梦幻呢？

答案是，什么都不是。

今天看来，虽然音乐台称不上是建筑中的世界绝品，但在国内的露天音乐台中却是独一无二的。无论你随便从哪个角度，是从前、从后，还是从左、从右，审视她的形体与造型，观察她的色彩与光度，端详她的螭首、云纹与线条，都会获得一种尽善尽美的视觉享受，的确是视觉艺术、景观文化的典范。百看不厌，越看越爱看。

是啊！音乐台虽然历经近一个世纪的风雨，洗尽铅华，略显沧桑，但仍像一颗闪烁的明珠，傲然镶嵌在中山陵的东南之隅，向一代又一代的后人倾诉着历史的血泪和辉煌。

由于公务在身，我压短了游览的时间。意犹未尽的我，当走到门口时，还是本能地回首遥望：晨光氤氲，远方，旭日渐渐东升，一群美丽的白鸽在蓝天下，无忧无虑在天际遨游、飞翔。似乎就在此刻，我好像隐隐约约听到了一首感人的赞歌，婉转悠扬，穿越空旷的原野，踏过艰辛的每一步，萦绕在紫金山的上空，萦绕在如梦如幻的意境里，萦绕在释怀的生命里……

这倒让我想起了一句话，有人讲，"如果说，雄伟的中山陵是一曲英雄的颂歌，那么，依偎在中山陵脚下的音乐台就是一首隽永的小诗。"

我深以为然，并且坚信音乐台这首小诗永远会被人们吟唱着！

# 雨花石

"天雨诸香下帝台，大同天子讲经来。尚留子石临江活，恰似房花向日开。"这是明末清初徐荣以"雨花石"为题，以"雨花石"为歌咏对象，抒发其赞美情怀而写下的一首七绝之诗。

在读之前，我只感觉这些文人墨客是个热爱南京的人，把这里当作自己对故乡的倾诉与赞叹。可南京这块神奇而又古老的高地并没有听懂他们的热情与寓意，但作为六朝古都的石头城，散发着古香的南京，的确承载了诗人们太多的想象与乡愁。我甚至在解读他们的诗文时，就认定他们是对石头有着浓烈兴趣的人，否则他们的笔下怎么会出现 5000 多年前，南京人赏识和收藏雨花石的故事呢？依我看来，他们真的读透了苍老的石头之心。

雨花石，作为地球千古造化的自然珍物，虽然她的个头小——方寸之大，但却质坚晶莹、色彩斑斓、纹理奇妙，着实令人爱不释手。尤其是雨花石的图案大多奇妙玄奥、包罗万象，既像浩瀚的宇宙天象，又像广袤大地的山川美景，暗藏着小桥流水的风花雪月……似演绎着一个个千姿百态的场景，处处流露着浓浓的诗情画意。

难怪从古到今，不少文人雅士对她多有赞美与记述，渴望用诗歌去唤醒睡在地下的石头，所以，对于长江下游沿岸的南京，每个人都有一块属于自己的石头。也可以说，每个人都有一个属于自己的南京。

然而，于我而言，在南京工作的时候，并没有太在意雨花石的存在。那时我去办公室、或走亲访友、或上街逛商场、或去夫子庙、雨花台……几乎我的身边都有雨花石。就在和她对视的那一刻，我眼里都躲不开石头的探寻，随时有一种被石头包围的感觉。她们像浑身长满了眼睛的佛，面色安详地看着我。毕竟那是石中之王，石中皇后啊！是的，在南京，这具有传奇历史且世界上又独一无二的石头，在更多时候，奇石在人的眼里，便成了实实在在的佛。

默默沉睡了数百万年的雨花石，究竟在什么时候进入人类的视野、走进人们生活的呢？

相传南朝梁天监六年（507年），有位能言善辩的高僧云光法师在高座寺（金陵城南门外）讲经说法，僧侣500余人趺坐聆听。他讲得十分精彩，听者也全神贯注，一连数日不散。于是，那天突然天降暴雨，当雨过天晴后，雨水冲刷出岗上砾石层中许多新的砾石，并且把这些砾石都洗刷得干干净净，在阳光照耀下，其中一些五彩缤纷、晶莹剔透的玛瑙石就呈现在人们的眼前，显得格外耀眼。正当大家惊喜万分、纷纷议论时，云光法师便借用佛经将雨花石解释为"天女赐花"。意思是说，是大家敬佛感动了上天，用法力将天边的五色之石摄来，那是天女散的花，落在地上便成了石头花，是吉祥的征兆，是佛经的发酵。同时，他还将这一喜讯禀报给了梁武帝，梁武帝听后，大喜，连说："正合朕意。"

由此，"云光说法，天女散花"的佛教神话典故，便伴随雨花石赏玩活动而延续至今，仍被人们津津乐道。

直到我离开南京，在被车轮辗碎的日常生活中忽然感觉省城离我越来越远了，才猛然想起那些通灵、泥砾土中的"无雨隐花"——石头花，她们懂得欣赏离去者的表情吗？就像此时我坐在垂直的射灯下，欣赏她们比夜色更安静地坐在书厨里的表情。

曾在二十世纪的八十年代，我心中渐渐开始了一个朦朦胧胧的憧憬，希望有一天，我能到南京雨花台去走一走，看一看，在琳琅满目的雨花石原野中兴高采烈地欢呼、跳跃、翻筋斗，喜不自胜地将这天赐的宝贝拾捡个够。

那天，我去了，来到了一座海拔60米的小山丘。远揖江峰，近俯城堞，入眼望去，郁郁葱葱，延绵数里；拾级登顶，翠柏苍松，竹海青青，风光旖旎。虽然这里的景色美不胜收，但我却知道今天来的目的。于是，我看到了溪流中被浸泡的石头，面对太阳，浑身是胆；你看见她的第一眼，她就成了你的胆。很快，你会发现你真是太大胆，居然独自去了一个远古的南朝梁武帝时代，云光法师讲经说法的地方——南京石子岗。

我也曾光着脚丫，在踩石处梦幻过。后来，我却发现那些梦，在南京是永远都做不完的。因为南京这座历史名城给人的记忆是，虎踞龙盘，长江东去；六朝金粉，十代古都；桨声灯影里的秦淮河、文士云集的江南贡院；江左三家、秦淮八艳；王谢旧宅的深邃、明清两朝的繁华；远古的奇观，美中天然无俗、艳得惊心动魄的雨花石……

那么后来为何将"石子岗"改为现在的"雨花台"呢？

经查阅，宋代张敦颐亦记曰："雨花台，有云光法师讲经于此，感得天雨赐花。"可见，云光说法与地貌地名的结合便成了今天的"雨花台"。而"雨花台"所产的石头称为雨花石也就顺理成章了。

我第一次步入传说云光法师讲经说法的遗址——雨花阁，是一个下午，一个阳光普照的下午。阁内陈列有许多大大小小的瓷石貔貅等瑞兽摆件，还有一尊云光法师端坐讲经雕像，四周散缀许多粒镶边饰瓣的雨花石，俨然天花乱坠的场景。阁廊柱上有幅楹联："到此留行踪莫辜负山

167

清水秀，前程念归宿但勿忘任重道远。"站在阁楼外廊四顾，雨花台烈士陵园郁郁葱葱，绿树如海。隐约可辨有雪松、桧柏、黄杨、云杉、山茶、红枫、桂花、玉兰、翠竹、腊梅、紫薇、杜鹃等，高低错落，盎然参差，疏涛密浪，层层叠翠。烈士纪念碑兀然鹤立在莽莽苍苍的树涛林海之中，分外肃穆。

我只记住了雕像旁的那些镶边饰瓣的雨花石，宛如佛一样，坐在不同的位置上，陪伴着这位具有传奇色彩的佛教大师。由于她们所处的角度不同，所折射出来的光，在不同的人眼里也就闪着不同的光和不同的视觉效果。因为佛隔绝了外部所有的光，而沉浸在自己独幽的天堂。

读不透楼阁的我，数不清那些长满了眼睛的石头，她们看上去既有艺术的气质，又充满宗教的血肉。她们从此就像结石一样驻扎在我的胆里，她们教会我只要去过雨花阁的人，就应比常人多一点儿胆识，因为阁里还藏匿着比人胆更为结实的雨花石。

走下楼阁，路边上到处都是雨花石，"大如雀卵，灿若明霞，莹润如酥，五色花纹缠护"（曹雪芹《红楼梦》），我满眼都是。当然，我所说的"路边雨花石"，并不代表此处的雨花石就能随脚可踩和随手可拾，而是说，这里的雨花石已不像传说中那样："雨花台漫山遍野铺满这种神奇美丽的雨花石，举目可见，俯首即有，千百年来取之不尽，拾之不竭。"

据记载，距今约 500 万年前，这一带是古长江的水道，秦淮河水注入长江时，把大量的泥沙、砾石堆积在低洼的长江里或水道旁，久而久之，砂砾沉积物就会越积越多。随着地壳上升、长江水道的迁移，这里就形成了一片布满砾石的小山岗，在地质学上称为雨花台组，其层厚为 20—80 米，而美丽的雨花石就赋存在这套松散的砂砾层里，但真正称得上为雨花石的，在砾石中只占十万分之一。不难想象，雨花石形成如此艰辛，想辩认和寻觅这其中的雨花石，的确不易。为此，你一定能知道，我所说的"路边雨花石"是什么含义了，当然，这儿所展出的雨花石肯定是真的，绝对是南京的雨花石，属于南京。

还是那天下午，大约四点钟。在热闹非凡的景区浅水塘中，只见一位中年女人光着脚，卷着裤管，埋着头在溪流的池塘边来回慢慢地走动。一看样子，就明白她在寻找天然的雨花石。坐在三角亭中的我，当她走近我时，我却发现她的手上还握着一个小小的水瓶，如果我没有猜错的话，她在想，到黄昏还能再捡来几个宝贝？一颗心跟随溪水再跑多远？而这里究竟还能藏匿多少块雨花石的秘密？其实，在这儿，你、我都不会知道答案，只有风可以知道答案。但风无语。在南京，风最愿意干的事情就是把往事彻底带走。因为南京是中国所有新老城市，经历最为惨烈、遭遇劫难最多、生命力最顽强而且包容度最高的城市。

所以风不语，这座古城却知道。

曾是一名军人的我，此时却突然发现，这些雨花石就好像是掉在南京的一块肉，不仅南京人喜欢，外地游客也喜欢。当然，对雨花石的玩法，南京市人与外地是截然不同的。南京人更注重捡拾与收藏，就像我刚才看到的那一幕。因为雨花石是南京所特有的奇石，是由天上的"雨"，人间的"花"，地下的"石"，天、地、人三者灵气凝聚而成的，得到南京人的宠爱是理所当然的。

同时，也正是她们，开创了我国"观赏石文化"的先河，成为南京最为鲜亮的标志，从而也让这座古城，因有岩石内部力量的作用而变得更有朝气与活力。

这是一个外地人的感叹，也是我的第一次感受……那时，我从未有过进入雨花台的历史记录，但我却时刻想着它的秘史。每一次仰望，都会有不同的感觉，不同收获与不同启示，都令人确信这块神乎其神的高地，始终不停地会沿着时间的纵向轨迹而向前挺进。

一晃多年过去了，我再次来到南京。一次偶然的机缘，在南京的夫子庙里我一次性会晤过装满整个店堂的雨花石，犹如一座小博物馆。此时才发现这个世界最爱雨花的人并非少数，也并非诗人。

早在 2006 年的国庆节，我被一位爱石人士迎接到了他的石头组成的世界里。这位爱石之人曾是痴迷的雨花石收藏者，在数年间驾车全国各地，千金散尽，广纳美石，人们多不能理解，以为这是疯子才干得出的事。而现在他却开办了一家生产基地，位于六合的方山。在一幢三层楼的楼上，他专门创办了一个雨花石的藏馆，馆内摆放着几千枚雨花石，有大，有小，五光十色，千奇百怪，犹如一个充满诗情画意的艺术殿堂。

我顺手拿下一种椭圆透明的小石子，十分晶莹圆润。掂在手里端详，能看见石子内部蕴含着浓浓淡淡、深浅不同的黄红橙青绿蓝紫白的纹理，错落缤纷，一圈圈的涟漪。举起迎光，眯起眼睛透视，往往会发现小小石子里面如同深藏丹青国画，隐隐约约的有山水、草木、花卉、禽兽等景物，幽雅朦胧，神气活现，饶有情趣。运气好时，石子里面竟然会悄悄地端坐着一位小美女，素衣高髻，俏媚顾盼，栩栩如生，让人遐想联翩，爱不释手。

如果端盘清水，将雨花石浸没。水中的雨花石一粒粒的宛如玛瑙翡翠，看上去非常冰清玉洁，瑰丽璀璨，钟灵毓秀，斑斓变幻，呈现一种匪夷所思的天然的神韵，能让人痴醉神迷，留恋观瞻。如果配以盆景器皿，供养于窗前案上，更臻雅趣，不但自己能修心怡情，宾临客至，也能啸傲挚友，洋洋得意一番……

我们一边喝茶，一边赏石。而在一旁的爱石人却不停地在给我们讲解雨花石的传说、来历、形成、特征与如何去加工厂进行打磨、抛光，等等。讲完后，那爱石人又将一本书画集递到我手上。我发现上面有作家欣然题名：奇幻雨花石！可让我不解的是，在这琳琅满目的石头里竟然有少部分的雨花石是经过打磨过的，肉眼也能看得出。当然，于真正的收藏家而言，他们对加工过的雨花石也是不屑一顾。因为开采一吨砂砾矿，才出几颗雨花石，而一吨的雨花石当中才有一、两颗是精品。这样的数字也许有些夸张，但它却说明了雨花石的精品，确实是凤毛麟角。所以，收藏一点抛光过的雨花石也并非不可。

那为什么这位朋友要跑到六合这块土地上，来建立起雨花石的开发基地呢？我百思不得其解，原来据考证，雨花石的产地并非只在雨花台，南京北部浦口区的大厂、六合区的灵岩山、方山一带以及扬州仪征市的扬子江畔也都有，大致呈北东方向延伸，与长江流向平行。难怪有如此举动！

由此看来，我真的算不上是爱石之人，因为我的生命里根本就没有南京的血脉，只是在通往的路上，遇见或看到过真正热爱雨花石的人，仿佛他们与石头才有着生命般的关系。

但事到如今，不管你喜好如何？自古以来，雨花石就作为一种观赏石——天然的艺术品，深受人们的喜爱和珍藏，并且成了一种文化，源远流长……

## 静读留园

写完中国四大名园之一拙政园后，对这座园林城市的好奇却又重了一层。我似乎感到在厚重的历史尘埃之下，苏州的那些园林从宋代起，经元、明、清的千余年来，不仅没有衰败，反而使许多独树一帜的私家园林如雨后春笋遍布古城内外，使苏州成为中国最为著名的历史文化名城，这也让我有一种渴望穿越其中的迫切。

于是决定，信步苏州园林，静读留园。

留园，系全国四大名园之一。1961年，留园被国务院公布为第一批全国重点文物保护单位。1997年，又被联合国教科文组织批准列为世界文化遗产。

走进大门就是走进了艺术的殿堂。顺着五十多米的曲折走廊，穿过金玉满堂、古木交柯，留园便慢慢地向您露出美丽、动人的面容，娓娓动听地讲述着这座名贯古今园林的奥秘。

四百多年前的明代嘉靖年间，曾为太仆寺少卿的徐泰时，因得罪了权贵，而被罢官回到苏州，回家后不久，便修建了东、西花园，而东园就是留园的现身。到了嘉庆年间，曾任广西左江兵备道的吴县东山人刘恕，辞官回家后，买下了渐废的东园，以故园改筑，并取"竹色清寒，波光澄碧"之意，将园名变为"寒碧山庄"。可因主人姓刘，人们还是则以"刘园"或"刘家花园"称之。

直至同治年间，园主更换，常州人盛康便又购得，重新扩建，修葺一新。因历史的战火未及其中，一代名园很幸运地保存下来，故取"刘"与"留"的谐音，命名为"留园"。正如著名文学家俞樾在《留园记》中称赞的："见其泉石之胜、花木之美、亭榭之幽深，诚足为吴中名园之冠。"致使留园美名盛誉天下。

苏州的园林，有"城市山林"的称誉，在这座千年古城里，几乎所有的园林都是由建筑、假山、水池与花木组成。然而，她的组合恰如同戏法人人会变，只是巧妙不同。就在这里，历代的造园将士们创造了各具特色的苏州园林艺术的大千世界。"不出城廓，而获山水之趣"，这个造园宗旨在不足 2 公顷的留园里得到了充分的体现。中部的山水，东部的建筑，北部的田园，西部的山林，在园林众多的苏州唯有留园有如此丰富的景色。

中部是全园的精华。挖池堆山，形成了"池溪为山，池中建筑"为主的布局。这黄石池湖，山水交融，湖色秀风，色彩明快，自成一格，极富自然野趣，不愧是明代造林叠山名家周秉忠之手笔。

从爬山廊道上去，山的最高点是可亭。可亭，"停也，道路所舍，人停集也。"（《释名》）寓意是此处有景可以停留观赏。有这样一副吟诵可亭的对联："园林甲天下，看吴下游人，携酒载琴，日涉总称彭泽趣；潇洒满江南，自济南到此，疏泉叠石，风光合读涪翁诗。"联语将留园的山水之美和黄庭坚笔下的写景诗并称，景美诗美，相得益彰。确实可心，加之清风拂来，不禁让人感到其中的意味。

走过这方假山，便是雅致的"闻木樨香轩"。轩为方形，依廊而建，后倚云墙，单檐歇山造，因四周遍植桂花而得名。从这里放眼望去，涵碧山房、明瑟楼、绿荫轩、曲溪楼、西楼、清风池馆等园林建筑都掩映于山水林木之间，错落有致、进退起伏，尽收眼底。那池中的堂馆楼阁，飞檐翘角，造型活泼、灵活多变；明纹窗帘，古朴淡雅；石包土山，峰峦起伏，中涵山涧；悠悠古树、澜澜碧水、山光倒影、游鱼戏水。再现了《留园记》中描绘的"凉台燠馆，风亭月榭，高高下下，迤逦相属。"的那种迷人景象，同时也充分体现留园的"泉石之胜、草木之美、亭榭之幽胜。"和古代造园家的高超技艺、卓越智慧与江南园林建筑的艺术风格和特色。正是因为他们的巧夺天工，才使这座园林有如此的美丽、风流与动人。

我带着这样的感悟，在园中漫游、静读与思索，不经意便来到了五峰仙馆。

五峰仙馆是园内的主厅，也是东部的主体建筑之一。因园主得文征明停云馆藏石，取李白《登庐山五老峰》之诗："庐山东南五老峰，青天削出金芙蓉"句意而得名。它是苏州园林中最大的一座清代建筑。因为梁柱、家具都用楠木制作，故又称楠木厅。精美的装修，典雅的陈设，较之皇家宫殿别有一种富丽堂皇的气派，造园建筑学家们围绕"楠木厅"这个中心，创出了一个特色各异的庭院佳作。

在东部的园林中，还有一个自成体系的庭院，别看它不露声色，其中妙趣却耐人寻味。院中的几块太湖石峰，像有面带微笑之感，几乎在给您行拱手礼，欢迎您的光临！这就是取以宋代朱熹的诗句"前揖庐山，一峰独秀"之意而命名的"揖峰轩"。这里不仅环境幽雅、秀美如画，而且更是好友读书作画、抚琴弈棋的好地方。假如您下次来时，不妨在此与您的朋友杀上几盘，相信一定会有那种"结庐在人境，而无车马喧"的隐逸情调。

重重门户，深深小院，是留园中的一大亮点，只要您一迈上路石却

174

又见佳境。

在走过有鹤所、石林小院、还我读书处、林泉耆硕之馆等一组庭院群后，让我难以忘怀的却是留园三峰中的冠云峰。

冠云居中，瑞云、岫云分立左右。据说，当年刘恕惜爱湖石，喜积十二峰置于园中。然而，盛氏人并不满足，花了二十年建了"瑞云、冠云、岫云"三峰，又以"冠云"为最。因为它身材修长，形貌潇洒，玲珑剔透，四展如冠，充分体现了太湖石"瘦、漏、透、皱"的特点，故名冠云峰。相传为宋代花石纲之遗物，其高大为江南园林中湖石之最。正是如此，无论从哪个角度去观赏，都气度非凡，精美绝伦，不愧为太湖石中的绝品。

凡此种种，这里的建筑，清丽明快，潇洒飘逸，冠云楼、冠云亭、冠云台、仁云庵、浣云沼都有一个名字，真可谓为"云"而生，那些造园家把这里比作"云中群阁"，将想象与现实交融成真，组成一个奇妙的场景，让人神往，流连忘返。

"山重水复疑无路，柳暗花明又一村"，这里又向人们展示了另一种景象。漫步在这绿色的长廊上，两色树影，庄重苗条。这儿的竹叶花草、假山水池、树阴小屋，自然朴实，显得更为悠闲自在、轻松随和。

其实，读到此处，于我而言，对园林艺术的赏析，讲究的是静下心来，品读意境，在具体、有限的园林景象之中，融入对古代风雅的体味和与大自然的交流，并取得净化心灵的美感享受。而这种美感的获得却又来自于对外界、对园林的观察和理解，才使来到这里的人们，从不同的层面得到了审美的愉悦。

是啊！这就是留园"白云怡意，清泉洗心"的无限胸怀。所以，从古至今，但凡身临其境的人，有谁不被感化呢？

由此，我真正体会到了"人在画中游"的那种绝美的境界。

人说，留园是一幅立体山水画，真的一点不假。

我说，留园中的每一处、每一座建筑和每一个景点，都像一本大书，看了又想看，让您回味无穷。

园中的"三宝"是留园的最妙之处。三宝是指大理石座屏，冠云峰和鱼化石。站在大理石座屏前，有种"雨后静观山，风前闲看月"的境界。它石质好，石纹细，尺寸大。临近一看，它就像一幅天然的山水画，明月、清风、野山、飞瀑集于一身。冠云峰的峰顶，如立一只雄鹰，它是我国现存最高的名峰假山。而鱼化石是在冠云楼下的北墙上，呈薄片状，像云母层层剥出，上面的小鱼栩栩如生，活灵活现，头骨、脊椎骨，清晰可见，令人叹为观止。

园中的"六扇漏窗"是留园的最巧之处。透过不同花样的窗格，您会感觉到随着步子的移动，隐隐可见山水之景，景色在变，画面不同，相映成趣，有种"移步换景、一步一景"进入世外桃源的感觉。用《红楼梦》中贾政的话说："一进来园中所有之景悉入目中，则有何趣？"

说道醉人之处，自然就是往返途中的丝竹之声。向前一看，一男一女两艺人在飞檐翘角的亭中弹唱苏州评弹。男穿长衫，温文尔雅；女裹素装，裙裾翩翩。不管是唱，还是弹，二人配合得都行云流水。那器乐声更如山泉叮咚，清亮悦耳；吴越长调，盎然春意，和畅惠风。真是"此曲只应天上有，人间能得几回闻"……

留园啊！一个个庭院小品，窗景独门；一座座殿堂楼阁，湖色秀风；一棵棵古树名木，奇花异卉；一处处石景灯，花景铺地……这样的美景，谁不向往，难怪历史上有不少文人墨客撰写诗章，来歌颂她的神韵与风采。"行回不尽之致，云水相忘之乐"。虽然此时此刻，留园好像有意识让您多新赏一会儿这变化无穷的园林艺术佳作，但我的心，却已经跟着诗人美妙的诗句醉了。

留园、留园，留园美景，如同园名一样，长留人间！

# 水墨之画

初冬的那天，大巴车从安徽黟县的县城出发，沿着一条普遍公路向东北方向急驰。虽然眼下已进入冬季，但在金灿灿的阳光下，山上和道路两旁成排结队的树木却更加挺拔，更加俊俏，更加让人喜爱。

大约半个小时的路程，我们便来到了"造型独特、拥有绝妙田园风光"的宏村。

宏村，始建于南宋绍兴年间（公元 1131—1162 年），距今有几百年的历史。据《汪氏族谱》记载，当时因"扩而成太乙象，故而美曰弘村"（为"弘村"）。到了清朝乾隆年间，便更名为"宏村"。

宏村，位于黄山西南麓，距黟县县城 11 公里，是古黟桃花源里堪称"中华一绝"的古水系牛形村落：以巍峨苍翠的雷岗为牛首，参天古木是牛角，由东而西错落有致的民居群宛如庞大的牛躯。这"牛首、牛角、牛躯"自成体系的村落，不仅成了当今"建筑史上一大奇观"，而且该村还背山、面水而建，村后以青山为屏障，地势高爽，既可挡住北面来风，又无山洪暴发冲击之危机，更能仰视山色泉声之乐。

近观！村中淡雅朴素、鳞次栉比的古民居，没有多余的色彩，就是黑与白。白的墙，黑的瓦，黑白线条，与旖旎的湖光山色交相辉映，动静相宜，空灵蕴藉，清晰地勾勒出宏村的美。

远望！蓝天白云，远山如黛，青山绿水，粉墙黛瓦，湖光云影，点缀其间，其情其景，有时如浓墨重彩，有时似泼墨写意，宛如陶公笔下的桃花源，大有神韵之感。谓之"处处是景，步步入画。"

随着起伏蹁跹的思绪，我便踏上长长弯弯的湖堤，行走在青石板上。

南湖，是宏村著名的景点之一。它似一弯半月，又似一张弓，不仅湖畔垂柳袅袅、白杨婆娑，而且湖面更是一泓碧水、天水一色，显得清秀妩媚而静静地躺在宏村门前，包裹着半个村庄。这让我不禁想起了风水学里常提到的优良宅地：背靠山，面对水，左青龙，右白虎。放眼一看，宏村正是这样一块风水之地。于是，我的脚步便渐渐地慢了下来：嘘！别惊扰了眼前这难得的宁静；深呼吸，别浪费了这四周弥漫过来的丝丝甜甜的空气；用心看，别放过了眼前每一幅小景——伸入湖心那千姿百态的绿枝，发着光亮铺垫在湖边的褐色石块，阳光中凄美得令人生爱的残荷，与倒影相连形成月圆形状的湖中"画桥"。

"画桥"，又名平阳桥，取自清朝乾隆年间宏村青年诗人汪彤雯的诗作《南湖春晓》："无边细雨湿春泥，隔雾时闻水鸟啼；杨柳含颦桃带笑，一边吟过画桥西。"故电影《卧虎藏龙》的唯美画面——李慕白牵马画桥，俞秀莲点水掠湖，更使这里有了别样的浪漫和诗意。

踏过画桥，笔直的湖心路直通宏村村寨。如果说南湖是张弓，那么穿湖心的长堤便如南湖弦上的箭。是它把南湖这张弓拉得紧紧的，犹如引而不发的羽箭。其寓意就是保卫这个村庄，让宏村免受天灾人祸，不断繁衍壮大。

穿过小桥，就如同步入一卷悠远华丽的历史，徜徉其中。

这里的每一幢古宅就是一座木雕的艺术殿堂，而140余幢正好构成了一个现代的桃花源，得以让你涵咏徽州古文化的内涵。

在现存众多的古民宅中，每一处古院落均是高墙深宅，古朴典雅，意趣横生。精美的雕花门，楼空雕刻的铜钱图案，雕刻精致的窗棂和栏杆，每一个细节都展现着花样繁多、寓意深刻的雕刻技术，都在诉说一个悠久的历史故事。高堂中、案几上，楹联字画布局摆设更具特色。但尤其让我好奇的是，每一家案几上都陈列着一样的物品，右边是古瓶，左边为明镜，中间摆的是钟表。主人告诉我，其义为"终生平静"，表明徽商人家的处事之道。同时还介绍到，右边的古瓶是帽筒，男主人在家的时候，帽子就放在帽筒上。若有客来访，看到帽筒上没有帽子，说明男主人外出经商去了，访问也就不必久留。此外，我还看到了每户人家的厅堂里，都有许多楹联，如："传家有道唯存厚，处世无奇但率真""快乐每从辛苦得，便宜多自吃亏来""敦孝弟此乐何极，嚼诗书其味无穷"……让人回味无穷，流连忘返。

面对这些无语的"楹联"，我反复问过自己，读书、为善、行孝、勤俭，这些不正是时下人们所期盼的吗？为什么现代人却很难做到，表现出来的总是时常浮躁，时常懒惰，时常郁闷，时常感到心里不平衡……相比之下，真是感到自愧，感到渺小，感到自责。而现在去品味它，让人的性情回归到自然原始的本真，那肯定是件利人又利己的好事，为什么不去感悟一下呢？

我边收起心中的思绪，边沿街而行，虽然看了不少的古民居，但最值得一看的却是被喻为民间故宫的"承志堂"。

"承志堂"富丽堂皇、气势恢弘，它建于明清年代（公元1855年），是大盐商汪定贵的私宅。它是村中最大的建筑群，占地约2100平方米，内部有房屋60余间，围绕着九个天井分别布置。正厅和后厅均为三间回廊式建筑，两侧是家塾厅和鱼塘厅，后院是一座花园。院落内还设有供吸食鸦片烟的"吞云轩"和供打麻将的"排山阁"。全宅共有木柱 136 根，且木柱和额枋间均有雕刻，题名为"渔樵耕读""三国演义戏文""百子闹元宵""郭子仪拜寿""唐肃宗宴客图"等，造型富丽，工艺精湛。宅子里的每一方砖，每一截木，每一块石头和每一处雕刻，无不用尽匠心，都是非同寻常的艺术奇葩，令人叹为观止。

可谓皖南古民居之最。

由此看来，这小小的宏村不仅以青山绿水、湖光云影构成其独特的魅力，更以其深奥与神秘的文化底蕴让后人关注，难怪被列为世界遗产名录。我终于在这里，在徽州这块古老的土地上，不仅让我看到了大自然的神奇，更看到了古代宏村人的能力与胆识。

小巷深深，我尽量放慢自己的脚步，用心去品阅宏村古朴的风姿。但几乎就在此时，我却仿佛融入了那遥远的历史，仿佛在倾听先人们的美丽传说，仿佛那近一千年来一直流传的故事就在眼前。

街巷中，到处是逼仄的小路和路旁的水圳。水圳就是"牛肠"，全长1300 多米。经考证，古宏村人为防火灌田，独运匠心开仿生学之先河，围绕"牛形"做活了一篇水文章，建造出堪称"中国一绝"的人工水系。

在明朝永乐年间，由汪氏族人出资，引西流之水入村庄，南转东出，分流往下，九曲十弯绕着一幢幢古老的楼舍，从条条细而长的"牛肠"穿过月沼（称为"牛胃"），便汇集到南湖（称为"牛肚"）。从而，使汩汩的清泉从各户门前潺潺地流过，滋润得满村清凉，让静谧的山村有了份灵动之感，创造出一种"浣汲未防溪路远，家家门前有清泉！"（清代诗人胡成俊的《宏村口占》）的良好环境。

那又何为"月沼"？

其实，月沼就是人工开挖的一方池塘，呈半月形，谓之"月沼"，也就是所谓的"牛胃"。塘边的徽式建筑，错落有致地排列着；塘中的花色鱼儿，漫不经心地游动着；而塘边的碧绿之水，却静静地躺在大自然的怀抱中，安详地享受着阳光的沐浴。水映着房，房衬着水，水房交映，

180

形成静中有动，动中有静，五彩缤纷、恬静秀美的一道美景。忽然间，我便产生一种幻想，觉得就在这儿隐居吧！让心灵虔诚无比地归隐在神秘的古朴中，从此过着理想的田园生活。

至于"月沼"为何挖成半月形，有不少的传说。其中，我最喜欢的是关于一个女人的故事。那个女人叫胡重娘。据始料记载，她1379年出生于距离宏村不远的另一个名村——西递。天姿秀貌，自幼聪慧，而且有非凡的胆识和才干。

古徽州的女人，一向都以"勤劳、贤惠、持家、教子，忠贞、守节、善良、艰苦"而著称。因为古徽州男子多在十三、四岁时，就外出经商，闯荡创业，而妻子长年却在家苦度岁月、伺长教幼。如果丈夫卒于外，妻子则守寡终生。古徽州大地上众多的贞节牌坊，似乎就是古徽州女人的形象写照。

胡重娘不仅如此，她还懂得琴、棋、书、画和风水之道，更为突出是她的创新与管理才能。她时常替代在外为官的丈夫，主持村中、族中的事务，久而久之，便赢得了村民的高度信赖，于是，她主持修建了被后世著名建筑学家贝聿铭先生称赞的"国家的瑰宝"——宏村水系。同时，由于胡重娘的男人在外做事，身不由己，几年难得见一回。她又出资挖了这方水塘，以寄托相思，远方的爱人，故取"花半开、月半圆"之意。

我由衷地赞叹，古宏村人真是太了不起了！

不管你驻足于宏村中的哪个角落，哪个位置，你都会发现并领略到村中居民古朴纯情的生活乐趣。尤其是扑鼻而来的那股浓郁的腊香味。

在宏村，每到过年杀年猪是家里的大事，肉大部分会腌制起来，起缸之后，就会一刀刀地挂在老屋向阳的墙上，多数肉的长度达二尺多。屋子是百年老宅，墙壁有些斑驳，由于咸肉的缘故，显得蓬荜生辉。在暖阳的照耀下，便能散发出别样的光彩。

冬去春来，大地复苏，经过春天清新的春风，白花花的肉开始泛黄、出油，等到清明时节，"刀板香"便制成了。此时的徽州，正是春色迷人，鸟鸣花香的季节，腊肉让你垂涎欲滴，也由此成为人们餐桌上的美味佳肴。怪不得在央视热播的《舌尖上的中国》，那别致的名字"刀板香"被收集其中，现在看来，作为徽州最为传统的"刀板香"的确名不虚传，值得保护、传承与光大。

辗转近两个小时后，也许是因为走进宏村，看到的尽是风格独特的徽派建筑，堪称"一绝"的水系……原始的生态，原始的形状和原始的和谐，如同在梦里走进了"小桥流水人家"。但就在此时，笃地闯入我眼帘的却是晃动的人影，游人们似乎都行色匆匆，因为导游总在前边嚷嚷：后边的跟上！庆幸我们没有跟团，可以优哉游哉慢慢欣赏。

欣赏中，突然发现一群衣着光鲜的少男少女，犹如棋盘上的棋子，被安放在宏村的每一个角落和每一个部位。原来他们是一群美院的学生，带着画板，小凳子，选择一个角度，写生、作画、完成作业。我便好奇地凑上前去，看一看，几乎千篇一律，最多是角度不同而已，没有什么新意。拐进一小巷，看似无景，却见一男孩专注地在画着什么。走近细看，让我震惊！画面上，一个庭院的门，半边；一堵墙，半边，但门框和墙壁上那斑驳的黑、白、灰，浸染得如此的淋漓，历史感、沧桑感、厚重感是那样的让人震撼。我细细地看看这个画者，不大，不过十七八岁。他很专注，不敢惊扰，唯在心里默默祝福这颗未来之星。

就这样！

走走停停，游历宏村，我无法用语言诉说她的静美，不能用简单的"喜欢"去描述对她的倾情，更不可在粗略的印象中带走她的图影。

停停走走，历经一个又一个著名景点，让我不仅一次次的怀想，这些精刻细镂，飞金重彩的"民间故宫"曾经发生了多少至情至深的故事，只待后人在风中追忆……

182

由于时间的关系，我急匆匆从村中走出。又是蓝天白云，在太阳的平照之下，宏村数百户粉墙青瓦、错落有致的古居民群，雷岗上的参天古木、居民庭院中的百年牡丹和探过墙头的青藤石木，却构成了一幅古朴秀美的水墨长卷，而我，刚好从这画中走出。

　　宏村！不愧是"中国画里的乡村"。

## 踏访屯溪老街

对于黄山市的屯溪，我一直心生向往，她的神秘感充塞了我的整个胸膛。于是，我趁着初夏的季节，经过一个多小时的车程，来到了心仪已久，有"一半街巷一半水"美称的屯溪老街，踏街访古。

屯溪是黄山的南大门，是一座古朴幽雅近似山庄的古镇。原名屯溪街，古为休宁县首镇。而这老街却位于新安江、横江、率水河汇合处的三江口附近，这儿不仅是老街的发祥地，也是屯溪的发祥地，更是当年徽商的大本营。

相传三国时，吴国威武中郎将贺齐，为了征伐当地少数民族"山越"，曾乘船路过此地。他眺望率水、横江蜿蜒而来，望青山环绕，绿水荡漾，风光秀丽的景色，问及部下此处是何地，乃答道：无名地也。贺齐沉思片刻，自言自语，"我等屯兵于溪水之上，称屯溪也罢。"——屯溪也因此而得名。

不过，那时老街还是一片空地。

据史料记载，老街起源于宋代。最初，从外地来了八户做买卖的人家，建房造屋，扎根此地，于是，就留下了地名——"八家栈"。后随着这八户人家的生意越做越大，他们在原有的基础上，又往前新建了一批店铺。从此，附近的一些小商小贩看上了这块风水宝地而纷纷来到这里，建房安家，经营店铺，老街的雏形就形成了。

到了元末明初，一位名叫程雄宗的徽商，模仿宋城的建筑风格在家乡大兴土木，一下子在老街上兴建了47家店铺。据当地老人回忆，除了部分是做其他的营业外，所有的店铺主要是客栈，在当时人口与旅游业并不发达的情况下，使老街与外界的流通逐渐增多；清朝初期，老街发展到"镇长四里"；清末，屯溪茶商崛起，茶号林立，街道从八家栈不断延伸，形成长达一公里的老街规模。

到了抗日战争期间，为躲避战乱，江浙一带大批商人和难民都涌进屯溪。一时商贾云集，百业荟萃，经济繁荣，使屯溪跃升为皖南重镇，成了徽州物资的集散中心。人称"小上海"。

下车后，我们一个左转，便踏上幽幽石板路，竟然是另一个世界：略有起伏的窄窄灰色石板路，曲、静、幽、深，显得十分古老，有一种怀古思幽感觉。前面是闪烁的霓虹灯，喧嚣的店铺和行人，而巷道顺着仅限一人走过，后面的老街人家虽有着高矮不同的院墙、样式各异的院门，但我琢磨着，平常悠闲的时光大抵相同。

这就是著名的屯溪老街。难怪在2009年，屯溪老街与北京国子监街、苏州平江路一同当选为"中国历史文化名街"，的确名不虚传。

街是老的，只是几经沉浮，依然变成游客爱去的繁华地段。只是，在这里发生过的历史故事，却成了这条街抹不去的文化记忆。

屯溪老街依山傍水，就地势自然形成，山与城，街与水，呈平行结构。一条直街、三条横街、十八条古巷如经似纬，织成与山水相沟通的"网"。由不同年代建成的三百余幢徽派建筑构成的街市，呈鱼骨架形分布，西部狭窄，东部较宽，宛如一条巨型鳜鱼，卧于新安江畔，成为我国古街市中独有的"风景线"。无怪乎别人都说，老街是一幅"活动着的清明上河图"和"东方的古罗马"，一点也不过分。

踏着青石板路，从街西头匆匆跨进老街，一种久远的味道扑面而来，仿佛在突然间，就迷失在十五世纪的中国街市。街道两旁店铺林立，鳞次栉比，全为砖木结构。古意盎然的茶楼酒肆，店铺字号，书场墨庄，各类作坊坐落其间。迎面而来，或是朱阁重檐，或是金额漆匾，或是旗招幌挑……充满了古风神韵，令人目不暇接。

由此可见，这条街，虽然伴随着岁月走过了五百多年，但她依旧一身古朴典雅的唐装打扮，清纯婉约，端庄秀丽，尤其是那古砖砌就的拱桥，未曾"加工"的河道，清澈见底的河水，两旁存有的古玩店、玉器店、字画斋、文房四宝铺、徽派餐厅、食品店……一片片瓦，一堵堵墙，一座座楼阁，一块块慢雕细琢的歙砚，一支支工艺精湛的徽笔以及完好的地貌和不见"美化"的市容……所有的一切都在告诉你，这里的环境、植被，乃至于民风，似乎"不知有汉"，尤其土地和资源，当今路人皆知的"唐僧肉"，竟完好无损没有"开发"。至今，仍然散发着江南古镇的气息，淋漓尽致地张扬着古老的徽文化。

说到徽文化，必然要谈到徽派的古建筑。因为徽州民居村落受着千百年来徽州古文化的陶冶，尤其是室内的环境艺术语言也凝聚着不同时期的建筑追求，确实它集徽州大地山川之灵气，融古徽州社会风俗之精华，实现了人类一直追求的人与自然、人与人、人自身整体和谐的理想，也充分体现出徽州文化传统的那种"天人合一"的景观美。

徽州古建筑，多为木结构，而眼前的老街，这种连绵不断、错落别致和入内深邃的建筑，不仅承袭了徽州特有的建筑风格，而且还展示了徽派建筑风格的淡雅古朴和群体美。

一眼望去，房子有两层或三层不等。两侧临街铺面的马头墙上的飞檐几近相接、远看恍若一队飞燕，又让人疑似架在空中的箭载。更令人叫绝的是，这些古代的房屋窗棂门楣或方或圆，或棱或扁，无不是精巧玲珑的砖雕木刻和镂刻精美的花纹图案。只见上面的戏剧人物栩栩如生，惟妙惟肖，新安山水淡淡隐现，十分典雅，让人心旷神怡。

整条街道，蜿蜒伸展，街深莫测，纵横交错，相互联络，首尾不能相望。店铺多为几进，内有天井采光。略略看去，可见到附近一些居家院落，仍留存着古老的残墙断壁，见证了老街百年沉浮之往事。

店铺的门，不是我们司空见惯的卷闸门，而是一排排歪仄的门板，木色已经呈黢黑，将倾似倾，显得似乎有些颓废，但不失有商业与文化交融的气息，反而平添了老街文化古朴淡雅的韵味，也让人感到老街是一条充满生命与灵气的古街。

古街的商铺，绝对是一景。因为它不仅仅是个供客人光顾的店面，而是密集紧凑得让店面、作坊、住宅三位一体。店铺多为单开间，一般两层，少数三层，保留了古代商家"前店后坊"或"前铺后户"或"前店后仓、前店后居"或"楼下店楼上居"的结构格局和特色。店面一般都不大，有一连二进或三四进的，注重进深，用天井连接，采光、通气、排水都采用内向构建手法，从而把徽州的文化综合效应发挥到极致。

老街上的堂、斋、苑、阁、轩、行应有尽有，可以讲是数不胜数。尤其是那老字号的店铺，百年以上的中药店"同德仁""同和"秤店、"程德馨"酱油等。从制作到店面商品的摆放再到经营的风格，无一不弥漫着民族文化的韵味，仿佛让人一下子走进了时间的隧道，回到了明清朝代。

名为"同德仁"，是这条街上的老字号药店。据介绍，"同德仁"开设于清同治二年（公元 1863 年），至今有一百三十多年的历史，店名含有创办人程德宗、邵运仁俩人（均系安徽休宁人）名中各一字，并寓"同心同德，利国利民"之意。

走进这座古色古香的传统徽派建筑，右边是一排高高的药柜，药柜顶上的大锡罐看着可像有些年头了，就连柜台上的铜杵钵，包浆致密厚重、手感润滑。当我看到柜台上"桔井流香"立匾及店堂内几块牌联均为清代著名书法家李汉亭所写时，心中平添了几分敬意，几分沧桑的神秘感，觉得自己是在品读一段尘封已久的历史。

其实，这"同德仁"也和许多徽派建筑一样，采用的是"前店后坊"的徽商特色，但如今的后坊，已经不再住人了，而是改成了陈列室，并兼顾出售药、蛇酒，或者当地的药材。

在陈列室里，我们看到了药店逐步发展壮大的轨迹，看到了当年郎中用的药箱，更看到了同德仁的医生为了方便山区百姓看病，马驮驴背带着几百斤重的药箱，游走为百姓看病的画面，从这些珍贵的文物中，我深深地感到了徽州古人是多么的了不起和值得肃然起敬！

不仅如此，虽说屯溪是经商之地，但自古以来经营的产品还有文房四宝："胡开文"的徽墨，汪伯立的徽笔，宣城的五星宣纸，再者就是歙砚；还有各种流派的国画、版画、碑帖、金石、盆景和有名的徽州砖雕、木雕、石雕、竹雕……

但在众多的商品中，最引人注目的却是徽州"歙砚"。一位工艺师向我们介绍：由于这里出产一种稀有的天然石材，石材质地较硬，易于发墨，使墨在上面研磨得又快又黑又细。尤其在南唐时期徽州的"歙砚"受到皇室宠遇，后主李煜更将"歙砚"视为"天下之冠"。为此，徽州歙砚的名声扶摇直上，身价倍增。到了宋代，对于歙石的开采不断扩大，"歙砚"精品不断涌现，其名色之多，雕镂之精细均为诸砚之冠。令随行而来的两位书法爱好者爱不释手。不过精品是买不起的，也只能拣个最便宜的每人买了一台，算作是到此一游吧。

走着、走着，我们便在一家茶楼的二层楼阁坐了下来。这里是茶的世界，不仅品种多，各种茶的工艺形态也非常奇特。女服务员热情地送来一壶"屯溪绿茶"先请我们品尝一下徽州名茶的滋味。她说："听口音你们是江苏人吧，我们徽州的名茶很多，最有名的有祁红、屯溪绿茶、黄山毛峰、太平猴魁……这些都是茶中名品，是世界名茶王国中的茶王，其口感鲜爽醇和，耐冲耐泡，茶味独特。这些茶王既是古代帝王钦点的贡品，也是馈赠亲友的上乘佳品。所以，你们到屯溪来，不品尝一下徽州茶味是最遗憾的。"姑娘地道的徽州口语和不紧不慢的话语，让我们未及饮用就已闻到茶的滋味了。

下了茶楼，继续徜徉在繁华的老街。见有不少农妇、村姑、挑夫，或席地设摊，或肩挑箩筐，向游客兜售着徽州的特产：石耳、香菇、笋干、笋衣等地方特产。你只要和他（她）们搭上腔，他（她）们就会滔滔不绝，如数家珍地向你介绍这些产品的性能、特色。食用或药用价值。如石耳，属徽菜中的上等名菜，形状虽和普通木耳相似，但比木耳肥大，肉厚，鲜嫩。它生于深山阴坡崖缝间，需六七年才能长成。既可做羹汤，又能炒菜、煨肉、炖鸡，味道鲜美可口，营养丰富。其性甘平无毒，还可以益精明目、养颜。久食者面颜细嫩玉润，人说：徽州出美人，黄山姑娘赛天花，大概就缘于此吧！

老街上除了有各类商铺，还有黄山市的书画院、屯溪的博物馆和万粹楼博物馆，这些古朴建筑与老街建筑浑然一体，为老街平添了几分雅致气息和文化底蕴。为此，与其说老街是条商业街，还不如说你是古徽州文化的艺术长廊。

面对这个吸天地之灵气、取人间之精华的文化遗产，谁能不为之而动情抒怀呢？

又要说声再见了！屯溪老街。不管今后怎样说，你都值得人们去探究一番。你那清美冷艳的外表，厚重沉甸的历史，都将在人们的心中占据一席之地……

## 梦莹的九寨

今年的九月初，我如愿前往。从遥远的苏中平原小镇来到了"中华水景之王"——九寨沟，出游观景，独自看寨。

那天清晨，山区随处都散发着沁人心脾的凉意，爽爽的。我乘着旅游车，一路向下，窗外是一片让人眼花缭乱的流动风景，山川与河谷绵延而过的每一个转角都会出现一种无法预料的美丽。凝目远眺，那山坡上云蒸雾绕，清新迷人，溪云浮生。而那瞬变的风云又凸现出深蓝色天空一块又一块，仿佛是天境在伸手召呼去天堂……啊！这仙境般的云，我在梦里似曾相识，不过，一切却在这个普通的清晨如梦如痴。

车在山与山的夹缝中，缓缓停下。

当"九寨沟"三个大字，赫然显目，映入眼帘时，我震撼了，这就是神奇的九寨沟吗？门前的两侧是一片绿莹莹的草坪，沾满了晶莹剔透的露珠，它们快活地接受晨曦送来的礼物，舒畅而又忘乎所以地向上生长，在阵阵的微风中，掀起层层的绿浪，像在不断地向我点头：远方的客人，欢迎您！

190

我随着欢快的人群穿过门寨。不知为啥，一种久违的激情在心中油然而生：啊！与其说是享受大自然的美，倒不如说是步入了艺术的殿堂……我闻到了寨沟内干净、透明的水味道，是那么的清凉。我忘记所有，尽情地呼吸着从翠绿的山上四周飘荡的浓郁香风，感到有点甜，舒适。我抬头仰望，那蔚蓝的天空中飘过的一朵朵白云，似乎瞬间我张开双臂就能触摸到那空中的丝丝云线。这不就是一幅阳光洒在大地上挥毫泼墨的中国画！

　　犹如"Y"形的三条景观主沟，从清澈明净的山水之间已向我伸出热忱多情的胳膊拥我入怀，融我入体。刹那间，群山、翠峦、树木乃至空气……那逼人的洁净扑面而来，仿佛将人的五脏六腑洗涤得一尘不染。面对着那高阔的蓝天、清新的空气、神秘的雪山、蓝郁的松林……清纯如镜的水、神话般的意境，令我注目不动，美得我心旌摇荡。九寨沟啊！我完全融于这美好的景致中，一切都好像置身于童话般世界里。让我变幻、让我陶醉、让我倍感舒畅……

　　九寨沟山清水秀，玉带般的溪沟将湖、泉、瀑、溪、滩连缀成一体，一点一景，景点相连，形成静中有动，动中有静，五彩缤纷，恬静秀美，多姿百态的一道美景。群海碧蓝澄澈，水中倒映着山、林、云、天，一步一色，创出了"鱼在云中游，鸟在水中飞"的奇妙幻境。水在树间流，时而陡峭，时而平缓，层层跌落，构成湖下有瀑，瀑泻入湖，湖瀑相生，层层叠叠，相衔相依的幅幅动人画面。这天景、气景、水景的绚丽，仿佛又把我带进了一座精美的山水画廊。

　　如果说苍山峻岭是九寨沟的气魄，那么水一定是她的灵魂，是跳动的精灵。九寨沟的水，真难以用语言去描绘她的神圣、洁净、崇高与伟大。河流、悬泉、飞瀑、小溪、高原湖泊一应俱全。令我心动和难以忘怀的是点缀在青山绿水间的瑰宝，大大小小的高原湖泊——海子。它们不仅仅个个都有着美好的神话传说，而且星罗棋布地散落在群山峻岭之中，如珠似玉、或聚或分或连，形状各异，在阳光下变幻出极为丰富的色彩层次，璀璨迷人。有些海子（如：箭竹海、熊猫海、孔雀海、火花海……）绿得仿佛可以与晶莹剔透的翡翠相媲美，是那样幽静、那样蓬勃，镶嵌在群山绿树之中，安详地享受着高原阳光的沐浴；有些海子（如：长海、卧龙海、老虎海……）却蓝得仿佛可以与幽幽发光的蓝宝石相比拟，是那么幽深、那么内敛，静静地躺在陡峻的高山怀中，犹如熟睡的孩子那样，娇憨、纯洁；而有些海子（如：五彩池、五花海）又是五颜六色的，一团团、一块块，如天空般湛蓝、宝石般墨绿、鸟羽般翠黄……多种颜色交相辉映，混杂交错，五光十色，犹如孔雀开屏彩翅一般；还有的海子里面生长了矮小的灌木，一丛丛，"树在水中生，水在树中流，人在画中游"，一看就知是多姿多彩的盆景；还有的海子……我望着这如诗、如画的景色，陶醉了，犹如走进了仙境一般，身飘欲醉。

然而，在所有海子当中，有着"九寨沟一绝"和"九寨精华"之誉的就是五花海。海子的两湖有着妙不可言的色彩——翠蓝和绿色。在波平如镜的湖面上，呈现出浅红、鹅黄、墨绿、深蓝、宝蓝等色块，如同无数块宝石镶嵌成的巨型佩饰，珠光宝气，雍容华贵。远望山峦的倒影清晰如画，水光山色，相映成趣。在阳光作用之下，水色层次分明，那水中枯树，水底植物……纵横交错，层层叠加，交织成锦，犹如一幅幅色彩丰富、姿态万千的西洋油画，夺目耀眼。这海子的水啊！仿佛把你的眼睛洗亮，把你的灵魂涤荡干净，一霎时，变成一个无私无畏的人了。

假如巧遇上天有灵，一阵微风轻盈的滑过湖面，碧波荡漾，就像仙女手中的一把镜子，脱手了，变得支离破碎，荡漾开来，显得更加美丽。假如到了金秋季节，特别是处于黄昏时分，火红的晚霞映在水中，其色彩一定会超出你的想象——金星飞溅，彩波粼粼，绮丽无比。

告别幽静，九寨沟雄姿挺拔要数瀑布了。雪山融化之水汇集成溪，从树丛中顺势而下，遇到悬崖峭壁，飞瀑千丈，倾斜奔腾，勇往直前。

有的细水涓涓，如丝如缕；有的洪流直下，气势磅礴；有的若玉带当风，凌空飘举；有的似蛟龙狂舞，意气飘扬。让你领略到"动如脱兔"的迅猛。

有着水色最美、水势最急、水声最大之称的珍珠滩瀑布。湍急的水流涌入宽阔的珍珠滩，从灌木丛中奔涌自高悬边，一泻而下，吼声如雷，浪花飞溅，晶莹夺目，似颗颗珍珠闪跃，向东狂奔而去。这让我想起了那飞动、清爽的《西游记》的主题歌：你牵着马，我挑着担……似乎又回到拍摄现场。

有着最为宏伟壮观之称的诺日朗瀑布。滔滔水流自诺日朗群海而来，从瀑顶树丛中越过宛如一把 140 米长梳的水柳齿间凌空而下，如银河飞泻，水势浩大、声震山谷，颇有"飞流直下三千尺，疑是银河落九天"的气势，实属罕见的森林瀑布。

此外，有着汹涌澎湃，激情飞扬之称的树正瀑布。纯净的水流穿过丛林，跌落山谷，滑过圆石，漫过堤埂，从落差 100 多米瀑顶带着轰隆的声响飞出，水大势猛，层层瀑布，犹如千军万马奔腾，吼声如雷。

神奇的九寨，不愧是"人间的天堂""童话的世界"。由此也让我深深地体验了作家魏巍的那句："自然的美，美的自然，人间天上，天上人间"的美妙感受。

充满梦幻与诗意的九寨啊！你真正让我在梦幻里走了一回，游玩了一趟，仿佛自己也抵达一场生命的纯净。

再见了！梦莹的九寨，我会再来看春天花里的九寨，冬天雪里的九寨……

# 清幽的琅琊山

仰慕琅琊山是从读欧阳修的《醉翁亭记》开始的。

那年的 8 月 5 号，正好是星期天，我约了老乡，共五人，一同前往，出游观景。

虽然时下正值夏季，但八月的山区，随处都散发着沁人心脾的凉意，清爽、舒适、惬意，走到哪儿都是"画中行"。

我们乘着汽车，沿着林道，穿越在盘旋的山路上，扭来扭去，慢慢而行。透过窗户忽而峭壁悬崖疑无路，忽而沟壑幽深水流急，忽而山色空蒙云低绕，忽而层林尽墨植被密，景色十分惊艳与奇美。

大约上午八点半，车子缓缓停下，我们来到了心仪已久的琅琊山，访古探幽。

琅琊山位于滁州城西南约 5 公里处的群山之中，古称摩陀岭，系大别山向东延伸的一支余脉，包括琅琊山、城西湖、姑山湖、三古等四大景区，面积 115 平方公里。相传西晋时琅琊王司马佩率兵伐吴，曾驻跸于此。东晋元帝司马睿在称帝前也是琅琊王，曾在此避乱，故后人将摩陀岭改名为琅琊山。

迈过大门，我的心不禁一颤。这里的山，静谧、幽深，有着江南的婉约、恬静、淡雅、透迤起伏；这里的水，甘甜、清冽。清澈的泉水沿山而下，叮咚作响，似一古筝藏于山间，泠泠悦耳；这里的空气新鲜，感到有点甜……我抛开一切，让疲惫的心身在映满艺术韵味的殿堂中得以抚慰、得以放松。

在琅琊古道中行走的我们，犹如踏进了一座精美的山水画廊。那古道始建于明嘉靖年间，全长约 1200 米，用青石板铺设而成，虽说已逐渐打磨了初建时的雕痕，但大部分石板依旧保存完整，蜿蜒于山腰，由低渐高，光滑如鉴，平坦而深幽。

而古道的两旁，却是风的潇洒，树的参天，山的稳重，水的柔情，花的浪漫，草的活力，石的灵魂；一束阳光，一缕清风，一朵白云，一片绿荫，一声鸟鸣……大自然的点点滴滴，无不展示着它种种平凡和细节的魅力，成了人们欢乐愉悦的源泉。尤其是那绿得深邃、绿得清纯、枝叶茂盛、苍劲挺拔的古树，亭亭如盖，形成了天然棚盖，晴天可以遮阳，雨天可以挡雨，犹如一个个绿色方队，守护着蔚然深秀的琅琊山，展示着英姿，展示着力量，它与古道相辉相映，构成了琅琊山上一道亮丽迷人的风景线。

我们五人，在不知不觉中，走进了醉翁亭。

醉翁亭，别具一格，吻兽伏脊，飞檐翘角，具有江南亭台特色。16 根柱子分立四周，亭内框门格花浮刻花纹装饰，檐下有古代故事的硬木透雕。它位于琅琊山的半山腰，初建于北宋仁宗庆历年间，距今已有 900 多年的历史。据始料记载，当时，欧阳修因在朝中得罪了左丞相等一伙奸党，被贬至滁州任太守。时任琅琊寺住持人——智仙，同情欧阳修的境遇，尤其钦佩他的文才，便特修筑一亭供太守歇脚、喝茶、饮酒。时下年仅四十的欧阳修，"自号曰醉翁"，登亭"饮少辄醉"，故给此亭取名为"醉翁亭"。从此，芳名流传至今，成为"中国四大名亭"之一。

面对此亭此景，我能感悟到那时欧阳修的心境，这亭正如一杯绿茶，用来醒酒。醉是外表，醒的是内心，醉醒才是目的，才是初衷。

"有亭翼然临于泉上者"！我喜欢，飞翔的姿态，有种动感的美丽。在亭内的不远处，有一对遥相呼应的东、西两亭：上刻欧阳修撰文"醉翁亭"与苏东坡挥笔"醉翁亭记"，每字三寸见方，欧文苏字，可谓双绝，勒石为碑，流芳千古，何等名贵。不过，堪称一绝的还要数亭西侧的一株"古梅"，传说为欧阳修亲手所植。虽然它穿越了岁月的风风雨雨，但却枝繁叶茂，兀然傲立着。它的长寿正好与苍竹，古亭，构成了一幅没有经过任何装饰的古朴画卷，充满着生命的张力，彰显出大自然本色、纯粹的美！

一缕阳光透过树枝的空隙，点点地照在我们的身上。"叽叽喳喳""叽叽喳喳"……一群调皮的麻雀在路边的树丛中叫个不停，那一只只小脑里充满了新意，一会儿飞到草坪上，嬉嬉闹闹；一会儿又飞到枝子上，放出那赞美"自然"的歌声，声音里满含着清、轻、和、美，好像"自然"也含笑倾听一般。

再往西行，可见"意在亭"，取"醉翁之意不在酒，在乎山水之间也"之意。亭以四根栋木为柱，亭角翘起，呈飞腾之状。人工开凿的水渠弯曲绕亭，名曰"九曲流觞"。据讲，是按晋代大书法家王羲之的《兰亭集序》中描绘的情形设计而建造的。九曲渠水来自山泉，从影香亭的方池注入，萦回往复，缓缓而流，经过九折八回，流出亭外。古人置酒杯于渠中之水，酒杯顺水而动，停在谁面前谁即取饮，并要赋诗一首。不难想象，当年欧阳修与文人墨客们一边饮着醇酒，一边欣赏着琅琊美景吟诗作对，别有情趣，确乎是人生的一大享受。

"叮、当，叮叮、当当"，一阵阵清脆悦耳的声音，离我们越来越近，听起来也越来越清晰，原来那是"会峰阁"顶层檐角挂着 24 个铜铃，在微风中，相互碰撞而金声四起。于是，我们本能地抬了抬头，望了望，原来是"南天门"到了！

其实古道的尽头就是山的顶峰，因为此峰其居琅琊山的正门而取名为"南天门"。

紧接着，我们又沿着台阶缓缓慢行，穿过南天门，登上会峰阁，青峰黛岭，片片苍绿、清秀，曲径幽泉，起起伏伏，给人以诗意的安静。极目远眺，天高地阔，只见长江如带，钟山如罗。鸟瞰群山，层峦叠嶂，山色苍茫，绿荫如盖，云雾缭绕……让人心旷神怡，令人流连忘返。难怪欧公视宦海浮沉为云烟，山山水水间，把心灵沉淀得恬淡闲适，才有如此淡雅婉转的《醉翁亭记》，文是心境的渗透。就这样！是一个人赋予了琅琊山千古的生命，是千年的文化底蕴激活了琅琊山水的灵气……那古道、清泉、石桥、亭阁、寺院……在我的脑海中留下了永恒的记忆。

再见了！琅琊山，古朴而又清幽的琅琊山。你不仅是一座山，一座名山，一座净化人们心灵的山，更是一处欧阳修笔下传世不衰的地方！

# 后记

一直以来，喜欢读书的我不知不觉地喜爱上了文学，并且常常在静谧的夜晚试着写一些小文章，间或发表在报刊上。前段时间，在我的同事、同学、战友的鼓励下，建议我把发表过的文章梳理一下，专门出个散文随笔集子。正是在他们的热情支持和热心帮助下，才有了这本流溢着墨香的《触摸心灵的阳光》。

在整理这些文稿的过程中，我的心里很不踏实，更没有底。因为：一是我是学"计算机软件"专业出身的工科生，注重是结果而不是过程；二是我对文学虽然从小就喜爱，但却巧被那个没有升学压力的特殊年代给耽误了，未能如愿以偿地读上文学类专业；三是我不是一个专业的散文作者，未想成为作家，更没有什么知名度，只是将此作为业余生活的爱好而已。所以，在这个领域内，至今我仍然是一个不懂规矩的新手。在字里行间，我只是把自己想要说的话都说出来，把自己想写的事都写出来，虽然深知这些信笔游笺的札记与敏锐深邃和柔美诗意的境界，还有相当大的差距，但不管怎样说，这些文字都付出了我的心血，都真实地记录了我对社会、对生活、对自然、对生命的亲身体验。随心、随意、随情，既是我的文字，我的性格，我的习惯，也是我的生活。

"散文应是情感之鹰高飞低回的双翅"。在缓缓流淌的岁月长河里，现实生活的一个个情景，人生旅途的一个个记忆，都可以让人感动，让人心潮澎湃，让人情思涌动，让人陷入遐思，让人真实地还原生活、展望未来，从而从笔墨中流淌出来的每一行文字，每一个段落，每一篇文章都是我生命中真实的所悟所感，这就是我对散文写作的思考、理解和看法。多年的创作实践也证明了这一点，没有感动便没有灵感，便没有素材，便没有词汇，便没有真正意义的文学作品，更难说有打动和震撼别人的情感力量。在感动中书写，书写感动，把心掏给纸和笔，这是散文写作的一个特色，也是我创作过程的基本姿态。

因此，我觉得，这些敞开胸怀的真情倾诉，如果能给读者带来一点启迪和帮助，如果能够引起读者对文学产生一点兴趣和追求，那将是我莫大的荣幸和快慰。

这本集子是从发表的作品中精选出三十五篇收录其中。为了尽可能地奉献给读者具有较高质量和品位的精神食粮，在这次收集整理时我又逐字逐句地进行了斟酌，做了必要的修改和补充，可以说书中的每一篇文章都是我心灵受到感动或受到触动所形成的，这也是我每每动笔杆抒发思想、抒发情感的种子和基因。

对于书名的选择，可以说我是冥思苦想，颇费了一番心思，最后取了《触摸心灵的阳光》作为这本集子的书名。

在现实的生活中，人们都追求轻松愉快幸福的生活，渴望让生命的"七彩阳光"永远伴随着自己前行。然而，潇洒人生的本源不是来自于任何身外之物，而是来自于自身心灵的那缕阳光，那支点燃了心灵的篝火。试想，在人生的旅途中，在生命的岁月里，如果一个人的心头没有阳光、没有激情、没有追求，怎能心境轻松、心情愉快呢？自然你的生命也是暗淡无光的。可见，心灵中的那缕阳光是力量的源泉，是生命中幸福快乐的源泉，是人性中最闪光的源泉。因为在艰难中有了它，便有了"镇定剂"，在痛苦中实现心中的目标；在孤独中有了它，便有了支柱，使心灵充实；在失败中有了它，便有了信心，在逆境中奋起重振……我愿与读者在漫长的人生征程中共勉。

在这部散文随笔集即将付梓之际，我要衷心地感谢我的领导、战友、同学、同事和朋友，是你们对于我的写作给予了极大的关怀和鼓励。在此表示最真挚的谢意！

同时，我特别要感谢主编凌翔老师为本书顺利出版加班加点，认真编排，精心设计。还有民主与建设出版社社长李声笑老师热心筹划以及该社的周佩芳老师等编辑付出了辛勤的劳动，在此一并真诚感谢。

2018 年 12 月